AF126321

GÜNTER NEIDINGER

Von Fliegenpilzen stirbt man nicht

TATORT SCHWARZWALD Bei einer Wanderung im Nordschwarzwald finden zwei Schüler neben vielen Fliegenpilzen die Leiche einer jungen Frau. Ein Fall für das Baden-Badener Kriminalkommissariat! Die Ermittlungen führen Robert Doninger und seine hübsche Kollegin Simone Mertens auch ins Neckar- und ins Donautal. Welche Rolle spielt das Tourette-Syndrom, das der Rechtsmediziner Dr. Richard Seifert bei der Toten diagnostiziert? Hat der Fahrer eines weißen Kastenwagens mit polnischem Kennzeichen, der in der Nähe gesehen wurde, etwas mit ihrem Tod zu tun? Gehört er einer kriminellen Bande an? Die Kommissare sind im Bühlertal, in Richtung Rhein und bis hinein ins Elsass unterwegs. Eine heiße Spur führt auch nach Sasbachwalden. Was weiß die Landarbeiterin, die dort in einem Weingut arbeitet? Der Fall wird noch komplizierter, als an der Schwarzenbach-Talsperre im Tosbecken unterhalb der Staumauer eine weitere Leiche gefunden wird. Ein Krimi mit viel Humor und Schwarzwald-Flair!

© Sven Neidinger

Günter Neidinger, Jahrgang 1943, wuchs mit fünf Geschwistern im badischen Bühl auf, studierte an der Pädagogischen Hochschule in Karlsruhe, wirkte lange Jahre als Lehrer in Buchheim und Fridingen (Kreis Tuttlingen) und von 1977 bis 2007 als Rektor in Sulz am Neckar. Seit über 35 Jahren ist er erfolgreich als Autor tätig. In dieser Zeit schrieb und übersetzte er über 400 Bücher mit einer Gesamtauflage von über vier Millionen Exemplaren: Novellen, Parabeln, heitere Geschichten, Gedichte, und für Kinder zahlreiche Sachbücher, Lernhefte, Geschichten und Theaterstücke. Einige Bilderbücher wurden auch in andere Sprachen übersetzt.

GÜNTER NEIDINGER

Von Fliegenpilzen
stirbt man nicht

SCHWARZWALDKRIMI

Die automatisierte Analyse des Werkes, um daraus Informationen
insbesondere über Muster, Trends und Korrelationen gemäß § 44b UrhG
(»Text und Data Mining«) zu gewinnen, ist untersagt.

Bei Fragen zur Produktsicherheit gemäß der Verordnung über die allgemeine
Produktsicherheit (GPSR) wenden Sie sich bitte an den Verlag.

Immer informiert

Spannung pur – mit unserem Newsletter informieren wir Sie
regelmäßig über Wissenswertes aus unserer Bücherwelt.

Gefällt mir!

Facebook: @Gmeiner.Verlag
Instagram: @gmeinerverlag

© 2022 – Gmeiner-Verlag GmbH
Im Ehnried 5, 88605 Meßkirch
Telefon 0 75 75 / 20 95 - 0
info@gmeiner-verlag.de
Alle Rechte vorbehalten
2. Auflage 2025

Lektorat: Claudia Senghaas, Kirchardt
Umschlaggestaltung: U.O.R.G. Lutz Eberle, Stuttgart
unter Verwendung eines Fotos von: © Martina / AdobeStock
Druck: Custom Printing Warschau
Printed in Poland
ISBN 978-3-8392-0312-5

Personen und Handlung sind frei erfunden.
Ähnlichkeiten mit lebenden oder toten Personen
sind rein zufällig und nicht beabsichtigt.

1

»Damit könnte man ein komplettes Lehrerkollegium vergiften«, sagte Simon Gruber zu seinem Freund Jonas Amann, als sie auf ihrer Wanderung zurück zur Jugendherberge in Herrenwies eine ungewöhnlich stattliche Anzahl an Fliegenpilzen entdeckten.

»Vorsicht! Feind hört mit!«, zischte Jonas.

Er hatte bemerkt, dass ihr Klassenlehrer direkt hinter ihnen lief.

»Simon, Simon! Was für ein fieser Gedanke! Und das nach dem Besuch einer Kirche!«, meinte Herr Mangold tadelnd und schüttelte dabei den Kopf.

Aber insgeheim musste er doch ein wenig grinsen. Die Jungs waren sonst schon in Ordnung.

Er hatte heute mit seiner Klasse und der Kollegin Sonja Hartmann von der Jugendherberge aus eine Wanderung zur Bühlerhöhe unternommen. Der Wildnispfad dort war so recht nach dem Geschmack seiner 8b, vierzehn Buben und zwölf Mädchen. Die viereinhalb Kilometer lange abenteuerliche Strecke wurde 2006 eingeweiht. Beginnend beim Hotel Plättig, waren sie über querliegende Bäume geklettert oder darunter hindurchgekrochen. Diese lagen seit dem Orkan Lothar am zweiten Weihnachtsfeiertag 1999 wie bei einem Mikadospiel kreuz und quer im Gelände. Auch hatten sie steile Treppen und Leitern bestiegen und waren im Adlerhorst hoch in den Baumkronen über eine Hängebrücke balanciert. Abenteuer pur!

Der Gang über die schwankenden Seile war der lustigste Teil der Unternehmung – für Ungeübte eine echte Herausforderung. Frau Hartmann blieb mitten auf der wackelnden Brücke stehen und war nicht zu bewegen weiterzugehen. Einige lachten lauthals los. Es sah auch urkomisch aus, wie sie sich krampfhaft an den Seilen festhielt. Schließlich erbarmten sich zwei Mädchen und geleiteten die Lehrerin die restliche Strecke hinüber. Frau Hartmann war fix und fertig.

»Ich hätte es wissen müssen«, keuchte sie, »ich hatte schon immer Höhenangst.«

Nach diesem Geständnis lachte niemand mehr. Alle merkten jetzt, wie die Lehrerin mit sich gekämpft hatte. Sie hatte Mut bewiesen, das musste man ihr lassen!

Alternativ war für die 8b eine Wanderung auf dem Luchspfad zur Auswahl gestanden. Der vier Kilometer lange Weg, der 2009 angelegt worden war, begann ebenfalls beim Plättig-Hotel, war aber eher ein Erlebniswanderweg und weniger abenteuerlich, wie die Mädchen und Jungs aus dem Prospekt erfahren hatten.

»Das ist was für die Kids aus der Grundschule«, hatten sie zu ihrem Lehrer gesagt und sich für den anspruchsvolleren Wildnispfad entschieden.

Danach ging es zur Erholung von der strapaziösen Wanderung noch zur Kapelle ›Maria Frieden‹. Sie lag auf der anderen Seite der B 500, besser bekannt unter dem Namen ›Schwarzwaldhochstraße‹. Die kleine Kirche wurde im Volksmund auch ›Adenauer-Kapelle‹ genannt, wie sie aus der Beschreibung erfuhren, die hinten bei den Prospekten und religiösen Zeitungen auslag. Tatsächlich war der Bau vom ersten deutschen Bundeskanzler Konrad Adenauer, der des Öfteren im Kurhotel ›Bühlerhöhe‹ Urlaub machte, gefördert worden. Im Prospekt war auch zu lesen, dass 1958 mit dem Bau begonnen wurde, 1960 der erste Gottesdienst darin stattfand und die offizielle Einweihung im Jahr 1965 war. Die holzgeschnitzte Madonna aus der Zeit um 1490, die sie links vom Altar bewundert hatten, war ein persönliches Geschenk Adenauers. Sie stammte aus dem Meersburger Raum. Dass Meersburg am Bodensee lag, hatten sie im Geografieunterricht mitbekommen.

Beeindruckend war auch der Ausblick vom Marienfelsen, auf dem die Kapelle erbaut wurde, hinab ins Bühler Tal und weiter ins Rheintal hinaus.

»Und ganz da hinten kann man sogar die Vogesen

sehen«, erklärte Herr Mangold und zeigte in die westliche Richtung.

»Oh, les Vosges! Vive la France!«, riefen einige stolz, die Französisch als Zusatzfach gewählt hatten.

Endlich konnten sie ihre Kenntnisse der Fremdsprache mal ausposaunen, was ihnen aber nicht nur Bewunderung einbrachte. Aus dem Gemurmel war auch so was wie »Angeber« herauszuhören.

Auf dem Rückweg nach Herrenwies waren sie am ehemaligen Kurhaus Sand vorbeigekommen und hatten dann einen Abstecher hinunter zum Sandsee gemacht. Dieser kleine See mitten im Wald war kein Karsee aus der Eiszeit wie die meisten Schwarzwaldseen. Er war im 18. Jahrhundert entstanden, wie Lehrer Mangold wusste. Man hatte den Schwarzenbach kurz nach der Quelle zu einem See angestaut, um das Wasser bei Bedarf zur Flößerei in der Murg drunten im Murgtal einsetzen zu können. Ihr Klassenlehrer wollte in einer der nächsten Unterrichtsstunden näher darauf eingehen.

»Genießen wir heute lieber das schöne Wetter und die gesunde Waldluft«, hatte er abschließend gesagt.

Seine Klasse hatte erleichtert aufgeatmet, wie er bemerkte.

Noch war genügend Zeit bis zum Abendessen in der Jugendherberge. Zeit, um sich auf einer der Bänke rund um den See auszuruhen oder sich in der Gegend umzusehen. Dabei hatten Simon und Jonas die Fliegenpilze entdeckt.

»Schade, dass wir die Smartphones nicht dabeihaben. Sonst hätten wir die tolle Pilzlandschaft fotografieren können!«, stellte Jonas fest.

»Ich finde das blöd, dass wir die Handys zum Wandern nicht mitnehmen dürfen«, grummelte Simon. »So ein Schwachsinn!«

Auch das war Herrn Mangold nicht entgangen. Er musste lachen.

»Mal ehrlich«, sagte er, »mit dem Smartphone vor der Nase hättet ihr die Pilze nicht einmal gesehen, oder?«

Die beiden Jungs schwiegen. Wahrscheinlich hatte der Mangold gar nicht so unrecht, dachten sie. Immerhin waren sie im Schullandheim, sollten die Natur erkunden und dabei auch noch etwas für die Klassengemeinschaft tun. Mit ihren Handys durften sie sich in den Freizeiten beschäftigen. Aber das einzusehen, fiel nicht allen leicht.

»Ihr könnt die Pilze ja nach dem Abendessen fotografieren«, schlug der Lehrer vor, »von der Herberge bis hierher ist es ein Katzensprung.«

Die Buben waren einverstanden.

Das Abendessen war so richtig nach dem Geschmack der hungrigen jungen Leute. Mit Spaghetti lag die gut geführte Küche nach der langen Wanderung bei den jungen Leuten immer richtig. Dazu wurde Bologneser Sauce serviert mit reichlich Reibekäse oder alternativ Tomatensoße für die Vegetarier. Wer wollte, konnte auch von beiden Soßen probieren, mit oder ohne Käse. Dazu schmeckte der frische Kopfsalat vortrefflich.

Tee und Mineralwasser gab es umsonst dazu. Andere Getränke musste man extra bezahlen. Und natürlich gab es auch Nachtisch. Heute stand Obstsalat aus frischen Früchten auf dem Plan. Wer wollte, bekam auch einen Schlag Sahne dazu.

Gleich nach dem Essen waren Simon und Jonas verschwunden. Die Fotos von den Fliegenpilzen hatten sie trotz des guten Essens und der vollen Bäuche nicht vergessen. Die Stelle hatten sie sich gut gemerkt. Von allen Seiten machten sie Bilder, mal näher, mal weiter weg, mal einzelne Exemplare, mal die gesamte Fläche. Im Naturkundeordner würden sich die Fotos gut machen. Und eine gute Note würden sie sich obendrein verdienen, rechneten sie sich aus.

»Da hinten hat's auch noch ein paar selten schöne Vertreter der Fliegenpilze!«, rief Jonas Amann.

Das Jagdfieber hatte ihn jetzt richtig gepackt.

Tatsächlich, da standen drei besonders große Exemplare.

»Die nehmen wir noch auf, diese drei Amanita muscaria«, beschloss Simon Gruber und betätigte den Auslöser.

Den lateinischen Namen der Fliegenpilze wusste er noch aus der Biostunde. Er wunderte sich jetzt, dass er ihn sich gemerkt hatte.

»Respekt, Herr Professor!«, meinte sein Freund Jonas und lachte.

»Haben wir alle?«, fragte Simon.

Sie sahen sich um.

»Da hinten sind noch ein paar, aber die sind zertrampelt worden, schade!«, sagte Jonas.

»Wildschweine waren das nicht«, stellte Simon fest, »die hätten den Boden aufgewühlt.«

»Und Reisig beugen die auch nicht aufeinander!«, fügte Jonas hinzu.

»Vielleicht hat da jemand was versteckt?«, meinte Simon.

»Ein Gewehr, einen Schatz oder gar eine Leiche«, überlegte Jonas laut.

»Mal den Teufel nicht an die Wand!«, rief Simon erschrocken.

Jetzt neugierig geworden, begannen sie, das Reisig Stück für Stück abzutragen. Was darunter hervorkam, ließ sie erstarren.

»Mein Gott!«, sagte Jonas nur und atmete tief durch.

Auch Simon schluckte.

Es gab keinen Zweifel. Sie hatten eine Leiche entdeckt. Die Leiche eines Mädchens.

»Nichts wie zurück! Wir müssen das umgehend melden!«, schlug Simon vor.

»Das schlägt wie eine Bombe ein, da bin ich mir sicher!«, rief Jonas, als sie losrannten.

2

»Hat der Schaumann heute schon angerufen?«, wollte Hauptkommissar Doninger wissen, als er das Zimmer betrat.

Er kam gerade von einem Außentermin ins Baden-Badener Kommissariat zurück. Büroarbeit liebte er nicht besonders. Er war froh, dass Melanie Ams den meisten Schriftkram für ihn erledigte.

»Nicht dass ich wüsste«, sagte die Sekretärin und tippte weiter.

»Wieso fragen Sie? Haben Sie Sehnsucht nach dem Kriminalrat?«, fragte sie plötzlich und blickte kurz zu Doninger hinüber, der sich an seinem Schreibtisch zu schaffen machte.

»Gott bewahre!«, rief der Kommissar. »Ich muss mich nur erst daran gewöhnen, dass er nicht andauernd ins Zimmer hereingeschneit kommt und fragt, ob wir in der Sache neue Erkenntnisse hätten.«

An der Zusammensetzung des Kommissariats hatte sich nach der Polizeireform in Baden-Württemberg einiges geändert. Das für Baden-Baden zuständige Polizeipräsidium war nun in Offenburg angesiedelt, das Kriminalkommissariat in Rastatt. Und Kriminalrat Schaumann hatte die Leitung in Rastatt übernommen. Doningers Büro war vorerst in Baden-Baden verblieben. Die räumlichen Erweiterungen zur Übersiedlung nach Rastatt mussten dort noch geschaffen werden. Wenn es nach ihm ginge, sollten die sich ruhig recht viel Zeit lassen. Der Kommissar fühlte sich wohl in der Kurstadt. Hier kam er auch ohne den Kriminalrat gut zurecht, zumal er sich mit seiner jungen Kollegin Simone Mertens bestens verstand. Sie war vor einigen Monaten aus Köln nach Baden-Baden gekommen und hatte sich bereits bestens bewährt.

»Wo ist die Kommissarin eigentlich?«, fragte Doninger. »Hat sie schon Feierabend?«

»Sie holt sich in der ›Nordsee‹ ein Fischbrötchen«, antwortete Melanie Ams. »Auch Büroluft macht ab und zu hungrig.«

»Aber muss sie deswegen gleich an die Nordsee fahren!«, tat der Kommissar entrüstet.

Früher wäre die Sekretärin darauf hereingefallen und hätte ihrem Chef den wahren Sachverhalt erklärt: Dass in diesem Fall die ›Nordsee‹ ein Fischlokal um die Ecke wäre. Und Doninger hätte sich darüber köstlich amüsiert. Inzwischen kannte sie die Späße des Kommissars zur Genüge.

»Die von der ›Nordsee‹ schmecken halt am besten«, sagte sie deshalb nur und grinste.

»Das beste Fischbrötchen habe ich mal im Urlaub auf der Nordseeinsel Langeoog gegessen«, erinnerte sich der Kommissar. »Aber vielleicht lag das auch an der frischen Seeluft.«

»Das ist doch die autofreie Insel in Ostfriesland, oder?«, hakte Frau Ams nach.

»Genau«, bestätigte Doninger, »so viel mit dem Rad bin ich sonst das ganze Jahr über nicht gefahren.«

»Und 14 Kilometer Sandstrand!«, fügte er nach einer Weile hinzu.

Der Kommissar hatte sich in seinem Bürostuhl nach hinten gelehnt. Er dachte an die wunderbaren Urlaubstage auf Langeoog. Ausnahmsweise war er letztes Jahr nicht nach Südfrankreich gefahren, wie es sonst bei den Doningers üblich war. Seine Frau wollte unbedingt mal an die Nordsee. Am liebsten auf eine Hallig. Aber davon war der Kommissar ganz und gar nicht begeistert. Nordsee ja, Insel ja, aber auf eine Hallig? Er dachte da gleich an den »Schimmelreiter« von Theodor Storm, den sie während der Schulzeit am Gymnasium gelesen hatten. Nicht auszudenken, wenn eine Sturmflut käme und die Wellen das Haus umspülten!

Als Kompromiss hatte er sich mit seiner Frau auf Langeoog geeinigt, die nordfriesische Insel, auf der die Sängerin und Schauspielerin Lale Andersen lange Zeit lebte und dort auch begraben liegt. Und ganz in der Erinne-

rung versunken, summte er ihr berühmtestes Lied »Lili
Marleen« vor sich hin:

»*Vor der Kaserne, vor dem großen Tor*
stand eine Laterne und steht sie noch davor ...«

Die Tür ging auf, und die Kommissarin Simone Mertens kam herein.

»Ein Fischbrötchen gefällig?«, rief sie fröhlich und
schwenkte eine Tüte.

»Passt haargenau«, meinte Melanie Ams, »der Chef
lässt sich gerade von den Nordseewellen umspülen.«

»Wie das?«, fragte die Kommissarin etwas irritiert.

»Nur so«, erklärte Doninger, »nur so in Gedanken
an den Urlaub auf Langeoog.«

»Prima! Da passt ja ein Fischbrötchen bestens dazu«,
sagte Simone Mertens.

»Und jetzt noch ein Glas Riesling, das wäre perfekt«,
meinte Doninger trocken.

»Den müssen Sie sich halt dazudenken«, stellte Melanie Ams fest.

Der Kommissar wollte sich noch mit dem Argument
»Ein Fisch will schwimmen« verteidigen, aber er ließ es
sein. Schließlich schmeckte das Fischbrötchen auch so.
Die notwendige Flüssigkeit zum Schwimmen würde er
sich für den Abend aufbehalten. Ein kühles Bier oder
ein Viertele ›Alde Gott‹, oder beides in dieser Reihen-
folge? Eine angenehme Aussicht!

»Ach, wo wir gerade beim Essen sind«, fiel es Frau Ams plötzlich ein, »Ihr Freund Richard hat angerufen.«

Mit Richard meinte sie den Rechtsmediziner Doktor Richard Seifert. Er war der einzige Kollege, den der Chef duzte. Immerhin waren sie beide miteinander zur Schule gegangen.

»Und was wollte der Schwerenöter?«, fragte der Kommissar.

»Er wollte wissen, wann das versprochene Kastanienessen bei Ihnen stattfindet. Schließlich müssten jetzt die ersten Esskastanien von den Bäumen rings um Ihr Haus herunterfallen«, erinnerte sich die Sekretärin an das Gespräch mit dem Mediziner.

»Den Truthahn dazu hat er wohl unterschlagen?«, brummte Doninger vor sich hin. »Ja, der Richard und seine Esslust! Dabei ist er schlank wie eine Gerte!«

»Frau Ams und ich waren auch dazu eingeladen. Können Sie sich erinnern?«, fragte die Kommissarin vorsichtig an.

»Na, so ein bisschen schimmert's mir noch im Gedächtnis«, sagte Doninger und grinste. »Aber da ist meine Frau zuständig. Sie wird sich melden.«

Simone Mertens konnte sich noch gut an den herrlichen Sauerbraten erinnern, den Frau Doninger ihnen serviert hatte, und an die köstlichen Kartoffelklöße dazu. Sie war damals erst kurze Zeit im Kriminalkommissariat in Baden-Baden tätig. Es war ihre erste Einladung bei den Doningers in ihr abgelegenes Haus am Waldrand auf einer Anhöhe im Laufbachtal mit dem wunderbaren Ausblick in die Rheinebene hinaus bis hinüber zu den Vogesen im Elsass. Wenn sie nicht mit Doktor Seifert gefahren wäre, wahrscheinlich hätte sie das Anwesen nicht einmal gefunden. Ein idyllischer Ort, so richtig geschaffen für einen erholsamen Feierabend.

Als ob der Kommissar ihre Gedanken hätte lesen können, schlug er vor, für heute Feierabend zu machen. Es war einer der ruhigeren Tage gewesen, was selten vorkam. Jetzt noch ein gemütlicher Feierabend, das wär's, dachte Doninger.

Das Läuten des Telefons riss ihn jäh aus diesem Traum. Kriminalrat Schaumann war in der Leitung.

»Doninger! Sie sind gefragt«, erklang die Stimme aus Rastatt, »zwei Buben aus der Jugendherberge in Herrenwies haben am Sandsee eine weibliche Leiche gefunden. Sie kennen sich in der Gegend aus. Schauen Sie mal nach!«

»Feierabend ade!«, seufzte der Kommissar. »Kommen Sie, Frau Mertens. Unser Team darf mal wieder einen Ausflug auf die Schwarzwaldhöhen machen.«

3

Die Strecke kannten sie bereits im Schlaf, Hauptkommissar Robert Doninger und seine junge Kollegin Simone Mertens, spätestens nach dem Kriminalfall mit dem Knaben im Moor. Wie oft hatten sie dabei diesen Weg genommen hinauf ins Höhengebiet rund um die Hornisgrinde, bis der mysteriöse Fall endgültig aufgeklärt war. Jetzt war wieder eine Leiche gefunden worden, eine weibliche diesmal, wie sie von Kriminalrat Schaumann gehört hatten.

Heute saß die Kommissarin am Steuer. In Lichtental bog sie auf die B 500 ab, Deutschlands älteste Panoramastraße, etwa 60 Kilometer lang von Baden-Baden bis nach Freudenstadt, wie sie inzwischen erfahren hatte. Ihr Chef kannte sich hier bestens aus. Kurze Zeit später fuhren sie durch Geroldsau. In diesem Stadtteil hatte Simone Mertens kurz nach ihrer Übersiedlung aus Köln eine hübsche kleine Wohnung gefunden. Ziemlich praktisch, der Bus nach Baden-Baden ins Kommissariat hielt direkt vor der Haustür.

Von hier aus ging es stetig bergauf, hoch zu den Höhenhotels Bühlerhöhe und Plättig und schließlich zum Sand. Beim ehemaligen Kurhaus bogen sie links ab auf die L 83, die von Bühlertal kommend ins Murgtal führte. Jetzt übernahm Doninger die Lotsenfunktion. Er wusste, wie man mit dem Auto am besten zum Sandsee kam. Am Mehliskopf vorbei gab es kurz vor Herrenwies einen schmalen Fahrweg zum See. Keinen offiziellen, aber für einen Polizeieinsatz gut geeignet.

Von weitem schon sahen sie die Scheinwerfer, die den Fundort der Leiche hell erleuchteten. Es war Herbst und es dämmerte bereits. Die beiden Beamten vom Polizeirevier Bühl hatten alles bestens organisiert, wie der Hauptkommissar und seine Kollegin bemerkten. Auch der Rechtsmediziner Dr. Richard Seifert und die Leute der Spurensicherung waren schon eingetroffen. Kriminalrat Schaumann hatte alles mobilisiert, wie es schien.

»Na, Richard, schon erste Erkenntnisse?«, bellte Doninger los, als er sah, wie sich sein Schulfreund mit der Leiche beschäftigte.

Der Mediziner blickte kurz hoch, schaute die Kommissarin an und grinste.

»Geduld war noch nie seine Stärke, verehrte Kollegin«, sagte er und murmelte vor sich hin: »Robert, Robert! Mein lieber Freund und Kupferstecher!«

»Also, was ist?«, bohrte der Kommissar unbeeindruckt weiter.

»Weibliche Leiche, etwa 14 bis 16 Jahre alt, höchstens seit einer Woche tot, Würgemale am Hals, Wunde am Hinterkopf«, berichtete der Mediziner.

»Also ein Mordopfer«, stellte Doninger fest.

»Sieht ganz danach aus«, bestätigte Seifert, »aber Genaueres kann ich erst nach der Obduktion sagen.«

Simone Mertens hatte sich inzwischen mit den Leuten der Spurensicherung unterhalten. Sie hatten die nähere Umgebung unter die Lupe genommen, so weit es bei der künstlichen Beleuchtung möglich war.

»Keine Spuren eines Kampfes zu entdecken, nur ein paar zertrampelte Pilze«, berichtete sie ihrem Kollegen, »sieht so aus, als wäre die Leiche transportiert, hier abgelegt und mit Reisig zugedeckt worden.«

»Die sollen morgen früh bei Tageslicht noch einmal alles absuchen«, meinte der Kommissar, »wir müssen da ganz sicher sein, bevor wir an anderer Stelle suchen.«

»Wir machen Schluss, die Leiche kannst du mitnehmen!«, rief er Doktor Seifert zu und wandte sich zu seiner Kollegin um. »Wo sind die Buben, die das Opfer gefunden haben? Mit ihnen müssen wir uns unterhalten.«

»Die warten in der Jugendherberge auf uns«, erklärte Simone Mertens.

»Auf geht's!«, rief Doninger. »Es ist ja nur ein Katzensprung bis dorthin.«

Tatsächlich lag die Jugendherberge nur einen knappen Kilometer vom Fundort der Leiche entfernt.

»›Franz-Köbele-Jugendherberge Herrenwies‹«, las Simone Mertens auf dem Schild.

»Die Herberge, der Campingplatz nebenan und die paar Häuser des Ortes gehören heute zur Murgtalgemeinde Forbach«, erklärte der Kommissar.

»Waren wir hier nicht schon im Biergarten eines Gasthauses gesessen?«, fragte seine Kollegin. »Da hat uns doch der Jäger Alois Schlegel einen wichtigen Tipp im Mordfall ›Der Knabe im Moor‹ gegeben. Nicht wahr?«

»Genau! Das Gasthaus heißt ›Waldesruh‹«, bestätigte Doninger. »Und anschließend sind wir noch auf der Rodelbahn am Mehliskopf zu Tale gerauscht.«

Der Kommissar musste sonst immer grinsen, wenn er daran dachte. Das war ja auch ein Bild für die Götter gewesen, wie er und die Kollegin mitten im Sommer die Rodelbahn rauf- und wieder runterfuhren, und das gleich fünfmal. Er hatte eine Wette verloren und sich dann auch noch eine Zehnerkarte aufschwatzen lassen.

Doch heute hatte er keinen Sinn für lustige Erinnerungen. Er musste an das Mädchen am Sandsee denken. Wer war die Tote? Bisher hatten sie nur ein Foto mit dem fahlen Gesicht des Mädchens. Vielleicht würde es jemand aus dem Umfeld der Herberge erkennen?

Die beiden Schüler Simon und Jonas, die die Leiche entdeckt hatten, schüttelten den Kopf, als sie das Foto zu sehen bekamen.

»Also, lebendig habe ich die nicht gesehen«, meinte Simon.

»Wir sind erst seit drei Tagen hier. Vielleicht war sie da schon tot«, überlegte Jonas.

Die Kommissare waren überrascht, wie gelassen die Jungs ihre Fragen beantworteten. Keinerlei Anzeichen eines Schocks. Immerhin hatten sie erst vor kurzer Zeit eine Leiche entdeckt!

Ein Vorteil jugendlicher Unbekümmertheit, dachte sich Doninger.

Coole Jungs, ging es Simone Mertens durch den Kopf.

Auch die Befragung derMitschüler sowie der begleitenden Lehrerschaft brachte kein Licht ins Dunkel. Niemand schien das Mädchen vorher gesehen zu haben.

Vielleicht konnten ihnen die Herbergseltern oder das Personal des Hauses weiterhelfen? Es war doch möglich, dass das Mädchen hier oder in der Nähe mal gesehen wurde.

»Das Gesicht kommt mir irgendwie bekannt vor«, sagte Jupp Stahnke, der Herbergsvater, und kratzte sich dabei nachdenklich am Kopf, »aber wissen Sie, ich sehe jeden Tag in so viele Gesichter.«

»Zu den Klassen, die im Augenblick hier sind, gehört sie jedenfalls nicht«, sagte seine Frau Doris, »das haben wir gleich festgestellt, als die Jungs mit der furchtbaren Nachricht kamen.«

»Kann ich mir vorstellen, dass da jeder Lehrer seine Schäflein gezählt hat«, brummte der Kommissar, »hätte ich auch gemacht.«

»Vielleicht hat jemand vom Küchenpersonal eine Idee?«, meinte Kollegin Mertens.

»Im Augenblick ist nur Frau Pfister, unsere Köchin, noch da«, gab Frau Stahnke zur Antwort, »wenn Sie die fragen wollen?«

Klar, dass sie wollten. Nach jedem Strohhalm musste gegriffen werden. Vielleicht fanden sie eine Spur, die sie weiterbrächte. Und die Küchenchefin sollte sich als Glücksfall erweisen.

»Sieht nach Lea aus«, sagte sie nach einer Weile, nachdem sie das Foto genau betrachtet hatte, »das Mädchen war ab und zu auf dem Gelände. Sie ist mir aufgefallen, weil sie noch da war, wenn alle Klassen abgereist waren. Ich dachte mir, vielleicht ist sie aus dem Dorf oder vom Campingplatz nebenan. Es war ein eigenartiges Mädchen. Sie war ziemlich hübsch, hatte aber so seltsame nervöse Zuckungen. Einmal hat sie mich gefragt, ob sie mir in der Küche helfen könne. Daher weiß ich, dass sie Lea hieß.«

»Haben Sie gefragt, ob sie aus dem Dorf kommt?«, wollte Doninger wissen.

»Oder vom Campingplatz?«, ergänzte Simone Mertens.

»Ja, aber sie hat darauf nicht geantwortet«, sagte Frau Pfister.

Im Verlauf des Gesprächs fiel der Köchin noch ein, dass sie das Mädchen zwei oder drei Mal mit einem Jungen gesehen habe.

»Das ist ja nichts Besonderes«, meinte sie, »aber mir fiel auf, dass es jedes Mal derselbe war.«

»Vielleicht hat der seltsame Brief, der vor kurzem kam, etwas mit dem Mädchen zu tun«, wandte sich Doris Stahnke an ihren Mann.

»Richtig! Der Brief des Schülers, der mit seiner Klasse vor ein paar Wochen hier war«, fiel es Jupp Stahnke ein. »Ich habe ihn in der Schreibtischschublade im Büro liegen.«

Als er mit dem Brief zurückkam, stellte sich heraus, dass sie ein weiteres Teil zu ihrem Puzzle gefunden hatten. Und ein verheißungsvolles dazu! In einem kurzen Anschreiben hatte ein Junge namens Alexander Maury, Schüler der Hohenbergschule Fridingen an der Donau, die Herbergsleitung gebeten, den beiliegenden Brief an eine gewisse Lea auszuhändigen. Und da unter den Gästen kein Mädchen mit diesem Namen zu finden war, hatten sie den Brief beiseitegelegt.

›An Lea aus Herrenwies‹, stand auf dem Kuvert. Hauptkommissar Doninger öffnete es. Es enthielt nur einen Zettel, von einem Notizblock abgerissen. Darauf stand zu lesen:

Hey Lea,
Handy verloren, Daten weg, auch deine!

Bitte melde dich!
Alex

»Volltreffer!«, rief Doninger. »Wir haben eine Spur.«

»Die Adresse des Knaben steht drauf«, sagte Simone Mertens erleichtert. »Er wohnt in Fridingen an der Donau.«

»Ja, von dort kam eine Klasse der Hohenbergschule«, erinnerte sich Herr Stahnke.

»Gut, jetzt wissen wir Bescheid«, meinte der Kommissar. »Wir werden den Jungen morgen interviewen.«

»Viel Glück!«, wünschten die Stahnkes, als sie sich verabschiedeten.

Doninger war schon an der Tür, als er sich umdrehte.

»Frau Pfister, Sie sind ein Schatz!«, sagte er noch und verschwand.

Und dieses Kompliment meinte er ehrlich. Der Hinweis der Köchin auf den Jungen würde sie ein gehöriges Stück weiterbringen, das hatte er im Gefühl.

4

Hauptkommissar Robert Doninger war ein Mensch, der bei allem dienstlichen Engagement auch die schönen Seiten des Lebens nicht vergaß. Simone Mertens kannte ihren Kollegen inzwischen ziemlich gut und wusste, dass sie auf der Fahrt ins Donautal einen versierten Fremdenführer zur Seite hatte, der sie bestimmt wieder auf die Besonderheiten der Landschaft, der Gebäude und deren Geschichte aufmerksam machte. Sie hatte sich nicht getäuscht. Allein schon die Strecke, die ihr Chef ausgewählt hatte, verhieß alles andere als eine langweilige Fahrt zu werden.

Dieses Mal bog Doninger nicht auf die Schwarzwaldhochstraße ab, sondern nahm die L 79 über die ›Rote Lache‹ ins Murgtal. ›Rote Lache‹ war der Name der Passhöhe mit 690 Metern und des Hotels. Von dort hatte man einen wunderbaren Blick ins Murgtal. Es war klar, dass der Kollege kurz anhielt. Die einmalige Aussicht mussten sie genießen.

»So viel Zeit muss sein!«, erklärte er, als sie ausstiegen.

»Hier vorne liegt Bermersbach, da fahren wir nachher durch. Links hinten sehen Sie Gausbach und rechts davon Forbach. Ein toller Ausblick, nicht wahr?«

Simone Mertens nickte beifällig.

Dann ging es bergab. Und wie! Die Kommissarin atmete ein paarmal tief durch. Die Straße wurde immer enger und kurviger. Hoffentlich kommt uns da nichts Großes entgegen, ging es ihr durch den Kopf. Sie ertappte sich einige Male dabei, wie sie krampfhaft den Haltegriff umklammerte. Es fiel ihr schwer zu verstehen, wie ihr Kollege dabei auch noch Spaß empfinden konnte. Jedenfalls trällerte er ein munteres Liedchen vor sich hin.

Zum Glück kamen sie heil im Murgtal an, wo es gemächlicher über Klosterreichenbach und Baiersbronn in Richtung Freudenstadt ging.

»Hier ist Deutschlands größter Marktplatz«, dozierte der Kommissar, als sie durch die Kurstadt fuhren. »Und nicht zu vergessen, auf dem Kienberg oberhalb der Stadt befindet sich der höchstgelegene Rosenweg in Deutschland.«

Im Luftkurort Loßburg erzählte Doninger seiner Kollegin, dass er im Quellgebiet der Kinzig schon öfters gewandert sei, vom familienfreundlichen Erholungsgebiet ›Zauberland‹ mit dem Kinzigsee und der Kinzigquelle hinauf zum Vogteiturm mit dem herrlichen Rundblick bis zur Schwäbischen Alb.

»Gibt es überhaupt eine Gegend, in der Sie sich nicht auskennen?«, fragte Simone Mertens etwas verwundert.

»Auch ein Doninger weiß nicht alles und kennt nicht alles«, meinte der Kommissar und grinste. »Es gibt so viele schöne Flecken auf der Welt. Kein Mensch kann sie alle kennen.«

»Und das ist gut so«, fügte er nach einer Weile hinzu.

Kurz vor Rottweil bogen sie auf die A 81 Richtung Bodensee ab. Nach der Ausfahrt Tuningen steuerten sie die Kreisstadt Tuttlingen an und kamen dann ins Donautal. Es ging heute flott voran. Keine Baustelle, kein Stau.

»Nendingen, Mühlheim, über Bergsteig nach Fridingen«, murmelte der Kommissar vor sich hin.

»Das ging ja schneller als gedacht«, meinte seine Kollegin.

»Kein Wunder bei dem Chauffeur, oder?«, behauptete Doninger und blickte grinsend zu seiner Beifahrerin hinüber.

Simone Mertens schaute amüsiert zurück.

»Selbstbewusstsein ist auch eine Gottesgabe«, sagte sie nur.

Doch im Innern musste sie zugeben, interessant waren die Fahrten mit dem Chef allemal!

In Fridingen angekommen, steuerten sie direkt auf die Hohenbergschule zu. Melanie Ams hatte ihr Kommen bei der Schulleitung angekündigt.

»Nicht, dass die aus allen Wolken fallen, wenn plötzlich die Kriminalpolizei auftaucht«, hatte Doninger gesagt. »Wir wollen ja nur eine Zeugenaussage.«

Eine junge, hübsche Frau empfing sie.

»Bestimmt die Sekretärin«, murmelte der Kommissar.

»Hallo! Einen schönen guten Morgen«, sagte diese und streckte ihnen mit einem gewinnenden Lächeln die Hand entgegen. »Mein Name ist Dana Jaschke, ich bin die Konrektorin hier. Der Chef ist gerade in einer Besprechung.«

»Angenehm, Hauptkommissar Doninger, und das ist Kommissarin Mertens«, erwiderte Doninger etwas irritiert. Seine Menschenkenntnis hatte ihn ein wenig im Stich gelassen.

Simone Mertens registrierte das amüsiert. Aha, auch ein Hauptkommissar kann sich mal irren, dachte sie bei sich.

»Wir wollen mit dem Schüler Alexander Maury sprechen«, wandte sie sich an Frau Jaschke.

»Gut, die zweite Tür links, bitte warten Sie dort im Besprechungszimmer, ich werde den Alex holen«, sagte die Konrektorin und verschwand.

Die Kommissarin und ihr Kollege hatten sich vorgenommen, behutsam vorzugehen. Der Schüler sollte nicht gleich in Schockstarre verfallen, wenn sie ihn mit dem Tod seiner Herrenwieser Bekanntschaft konfrontierten.

Und da stand der sportliche junge Mann auch schon im Zimmer.

»Eine schöne Schule hier«, fing Doninger an, »in welche Klasse gehen Sie?«

»9b«, kam die knappe Antwort.

»Hauptschule?«, fragte Frau Mertens.

»Werkrealschule«, kam es zurück. »Der letzte Jahrgang.«

»Wie ist das zu verstehen?«, wollte der Kommissar wissen.

»Die Schule wird in Zukunft als Gemeinschaftsschule geführt«, erklärte der Schüler. »Die Jahrgänge nach uns gehen in die Klassen der Gemeinschaftsschule.«

Alexander Maury blickte ziemlich verwundert drein.

»Sie sind doch nicht gekommen, um sich mit mir über neue Schultypen zu unterhalten, oder?«, fragte er schließlich.

Simone Mertens merkte, dass es an der Zeit war, dem Knaben reinen Wein einzuschenken. Sie holte den Brief aus der Tasche, den ihr die Herbergseltern aus Herrenwies mitgegeben hatten, und zeigte ihn dem Jungen. Alexander Maury nahm ihn zögernd in Empfang und blickte die Kommissare verwundert an.

»Wir haben leider keine gute Nachricht zu überbringen. Das Mädchen ist tot«, sagte die Kommissarin leise.

Sie bemerkten, wie der Schüler betroffen schluckte. Aber er hatte sich ziemlich gut im Griff.

»Was ist passiert?«, flüsterte er.

»Man hat ihre Leiche am Sandsee gefunden. Wir gehen davon aus, dass sie ermordet wurde«, berichtete der Kommissar. »Wir hoffen sehr, dass Sie uns weiterhelfen können.«

»Sie werden mich doch nicht verdächtigen?«, rief der Junge und blickte sie erschrocken an.

»Davon ist nicht die Rede«, versuchte ihn Simone Mertens zu beruhigen. »Aber vielleicht können Sie uns etwas über das Mädchen sagen, was uns einen Schritt weiterbringt.«

»Also, ich bin Alex, und Sie können mich ruhig duzen, ich bin erst 15«, meinte der Junge und atmete tief durch.

Dann senkte er den Kopf und begann zu erzählen. Eine innere Traurigkeit war in seiner Stimme deutlich zu spüren.

»Lea war ein prima Kumpel. Das habe ich gleich bei unserer ersten Begegnung gemerkt. Manchmal war sie richtig ausgelassen und ansteckend fröhlich, ein anderes Mal tieftraurig und wortkarg. Dann konnte es sein, dass sie so komische Zuckungen im Gesicht hatte und seltsame Grunzlaute von sich gab. Das hat mich am Anfang ziemlich irritiert. Haben Sie schon mal was von einem Tourette-Syndrom gehört?« Sowohl der Kommissar als auch seine Kollegin mussten zugeben, dass sie zwar davon gehört hatten, aber über diese Krankheit nichts Näheres wussten. Deshalb berichtete der Schüler weiter.

»Ich wusste vorher nichts darüber. Aber nach der Begegnung mit Lea habe ich mich im Internet schlaugemacht. Die Krankheit wurde im 19. Jahrhundert erstmals vom französischen Neurologen Georges Gilles de la Tourette beschrieben. Aber das können Sie ja auch alles selbst nachlesen«, sagte Alexander Maury schließlich. »Was wollen Sie sonst noch wissen?«

»Es würde uns helfen, wenn wir für die weiteren Nachforschungen den Nachnamen wüssten, den Wohnort oder etwas über die Familie zum Beispiel«, antwortete der Kommissar.

Bald wurde ihnen klar, dass der Junge darüber nichts sagen konnte. Doninger musste wieder einmal zur Kenntnis nehmen, dass junge Menschen heute anders tickten als frühere Generationen. Im Umgang untereinander genügte heutzutage der Vorname.

Aber im weiteren Gespräch mit dem Schüler zeigte es sich, dass die Dienstfahrt nach Fridingen für Doninger und seine Kollegin doch nicht umsonst war. Alex Maury hatte von Lea einmal beiläufig erfahren, dass sie sonst in einem Jugendwohnheim in Baden-Baden zu Hause sei und ab und zu dort ausbüxe.

»Immerhin eine Spur, die wir weiterverfolgen können«, sagte Simone Mertens. »Wenn dir sonst noch was einfallen sollte, lass es uns wissen. Hier ist unsere Telefonnummer.«

Sie warteten, bis die Konrektorin eintraf und den Schüler in Empfang nahm.

»Ich werde mich um Alex kümmern«, versprach sie, als sich die Kommissare verabschiedeten.

»Also zurück nach Baden-Baden«, rief Simone Mertens, als sie wieder ins Auto stiegen.

»Aber zuerst gehen wir noch essen«, schlug Doninger vor, »ich lade Sie ein.«

In Höhe der beiden Ausflugslokale auf Bergsteig bog der Kommissar nach links auf einen schmalen Weg ab.

»Hoppla! Sie werden mich doch nicht in den Wald entführen wollen«, scherzte die Kommissarin.

»Wald gibt es hier schon«, meinte der Kollege, »aber nicht nur. Warten Sie's ab!«

Es dauerte nur ein paar Hundert Meter, bis Simone Mertens wusste, was er damit meinte. Vor ihnen tat sich ein recht idyllisches Stück Donautal auf, abseits vom Verkehrslärm. Nur ein schmaler Fahrweg schlängelte sich an den steilen, teils bewaldeten Kalkfelsen entlang.

»Eigentlich ein Weg für Wanderer und Radfahrer, aber werktags bis zum Ausflugslokal ›Jägerhaus‹ für Autos offen«, erklärte der Kommissar. »Die malerische Gegend ist Teil des Naturparks ›Oberes Donautal‹. Eine herrliche Landschaft!«

Der Weg führte an der Vesperstube ›Ziegelhütte‹, an der Burgruine Kallenberg und an den Pferdekoppeln des Scheuerlehofs vorbei, und bald war oben in luftiger Höhe auf einem großen Felsenmassiv Schloss Bronnen zu sehen, ein Jagdschloss, das im 18. Jahrhundert von den Herren von Enzberg an Stelle der früheren Burg erstellt worden war, wie Doninger natürlich wusste.

Und unterhalb an der Donau gelegen das Wanderlokal ›Jägerhaus‹.

»Der Rehbraten ist sehr zu empfehlen«, meinte der Kommissar, »oder ein Steak vom Zebu-Rind aus der hauseigenen Zucht oder ein Fischgericht, frisch aus der Donau gefangen.«

»Ich sehe schon, wir werden die Heimfahrt nicht hungrig antreten müssen«, meinte seine Kollegin, als sie in die reichhaltige Speisekarte mit den leckeren Gerichten blickte.

Die Auswahl fiel ihnen nicht leicht. Es gab so viel, was zum Essen einlud. Schließlich entschied sich Simone Mertens für hausgemachte Bärlauchpfannenkuchen mit frischen Champignons und einen bunten Salatteller. Robert Doninger wählte feines Wildragout mit Preiselbeeren, dazu hausgemachte Spätzle und einen bunten Salatteller.

»Ich war schon als Kind des Öfteren hier«, erzählte der Kommissar, als sie sich das Essen schmecken ließen. »Damals war das ›Jägerhaus‹ noch eine kleine Wirtschaft mit zwei Gasträumen. Mein Onkel war in dieser Zeit Lehrer in Buchheim. Der Ort liegt ganz in der Nähe oberhalb des Donautals in 800 Meter Höhe. Wenn ich in den Ferien zu Besuch war, sind wir oft auf dem Höhenweg, der Fuchsklamm mit den beiden Aussichtsfelsen, hinunter zum ›Jägerhaus‹ gewandert.«

»Also daher kennen Sie sich hier so gut aus«, meinte die Kommissarin, »jetzt wundert mich nichts mehr.«

Beim Espresso erfuhr Simone Mertens noch manche Begebenheit aus den Ferientagen ihres Kollegen in Buchheim, sodass die Zeit wie im Flug verging.

Auf der Rückfahrt nach Bergsteig hielt der Kommissar plötzlich an und zeigte auf einen Mühlstein, der rechts neben dem Donauufer zu sehen war.

»Es ist ein Gedenkstein, der an eine Mühle erinnert, die unterhalb der Felswand hier links einmal stand«, erklärte Doninger.

Und dann erzählte er von dem Drama, das sich in der Nacht zum 17. Oktober 1960 gegen 3 Uhr ereignet hatte.

Nach tagelangen Regenfällen war der Hang hinter der Mühle in einer Breite von 200 Metern und einer Höhe von 100 Metern abgerutscht und hatte die 200 Jahre alte Mühle mit den Gestein- und Lehmmassen unter sich begraben. Der Wirt des Jägerhauses, der auch Förster war, entdeckte am Morgen die Katastrophe. Die Müllersleute und der zehn Jahre alte Sohn konnten nur noch tot geborgen werden. Die damals 14 Jahre alte Tochter überlebte das Unglück nur deshalb, weil sie tags zuvor eine Freundin besucht und wegen des schlechten Wetters bei ihr übernachtet hatte.

»Es gibt so viele Naturkatastrophen auf der Welt, dass die Menschheit gut auf Kriege und Morde verzichten könnte«, sagte die Kommissarin nach einer Weile und atmete tief durch. »Solche Gedenksteine sollten uns Mahnung genug sein!«

5

Simone Mertens war auf dem Weg zum Rechtsmediziner Doktor Seifert. Vielleicht konnte er schon mit neuen Erkenntnissen bezüglich der Mädchenleiche vom Sandsee aufwarten. Die Kommissarin hatte sich inzwischen an die blumenreiche Ausdrucksweise des Mediziners gewöhnt, die einem Hadschi Halef Omar aus Karl Mays Abenteuerromanen alle Ehre gemacht hätte.

Auch heute zeigte sich Doktor Seifert wieder hocherfreut, als die hübsche Kommissarin sein Institut betrat. Vom »edlen Glanz in seiner Hütte«, der »schönsten Blume des Orients«, dem »hellsten Stern am Himmel« und ähnlichen Formulierungen war in seiner Begrüßung die Rede. Immerhin hatte es Simone Mertens inzwischen geschafft, bei diesen Lobeshymnen und Schmeicheleinheiten nicht mehr rot zu werden.

»Ein Charmeur wie immer, der Herr Doktor!«, sagte sie amüsiert, »Sie sind wohl nie schlecht gelaunt, wie?«

»Nicht beim Anblick einer schönen Frau!«, behauptete Seifert und grinste.

»Und bei der Aussicht auf ein gutes Essen«, ergänzte die Kommissarin.

Sie erinnerte sich gut daran, wie der Mediziner mit der Zunge geschnalzt hatte, als die Frau des Kommissars den badischen Sauerbraten mit den Kartoffelklößen serviert hatte. Und jetzt spekulierte er auf den Putenbraten mit den glasierten Kastanien, wie sie von Melanie Ams erfahren hatte.

»Man muss sich auf die schönen Seiten des Lebens konzentrieren«, erklärte Seifert, »besonders, wenn man es fast jeden Tag mit Toten zu tun hat.«

Das leuchtete der Kommissarin ein.

Aber sie war ja nicht gekommen, um vom Rechtsmediziner Lebensweisheiten zu erfahren. Sie wollte sich vor allem nach den neuesten Erkenntnissen im vorliegenden Fall erkundigen. Und da hatte Doktor Seifert wie immer gute Arbeit geleistet.

Die bisherigen Untersuchungen hatten ergeben, dass der Tod mit ziemlicher Sicherheit vier Tage vor dem Fund eingetreten sein musste. Todesursache waren nicht die Würgemale am Hals, sondern die Verletzungen am Hinterkopf. Das Mädchen wurde demnach zuerst gewürgt, war dann nach hinten gefallen und auf einem harten Gegenstand oder Untergrund so unglücklich aufgeschlagen, dass es dabei zu Tode kam.

»Genickbruch, wie man so landläufig sagt«, stellte Doktor Seifert fest. »Entweder wurde das Mädchen heftig gestoßen, oder es hat sich losgerissen und ist dabei so unglücklich gefallen.«

»Dann hat es vorher einen Kampf gegeben?«, fragte die Kommissarin nach.

»Davon können wir ausgehen«, erwiderte der Mediziner, »das Mädchen muss sich heftig gewehrt haben. Unter den Fingernägeln waren zahlreiche Hautpartikel zu finden.«

»Das heißt, es gibt DNA-Spuren des Täters«, überlegte Frau Mertens laut.

Der Mediziner nickte.

»Aber es handelt sich um kein Sexualdelikt, wie Sie vielleicht vermuten«, fuhr Doktor Seifert fort, »das Mädchen war noch Jungfrau.«

»Aber versucht kann er es doch haben, oder?«, wandte die Kommissarin ein.

»Ausschließen kann ich das nicht, aber es deutet bisher nichts darauf hin«, erklärte der Mediziner. »Genau wissen wir das erst, wenn Sie den Täter schnappen. Seine DNA werden wir in Bälde haben. Sie bekommen noch einen schriftlichen Bericht.«

Hauptkommissar Doninger hatte inzwischen dem Kinder- und Jugendheim in Baden-Baden einen Besuch abgestattet. Um nicht ganz unvorbereitet zu erscheinen, hatte er sich im Internet kundig gemacht. Kinder und Jugendliche in mehreren Gruppen von neun bis zehn Personen wurden von jeweils vier bis fünf Fachkräften betreut. Es war von intensiver Zuwendung und fachgerechter Förderung die Rede. Die Betreuten sollten dabei Orientierung, Sicherheit und Geborgenheit finden.

Der Kommissar wurde von Herrn Watzke, dem Leiter der Einrichtung, in dessen Büro freundlich empfangen. Melanie Ams hatte sein Kommen angekündigt. Doninger kam gleich zur Sache und berichtete vom toten Mädchen, das am Sandsee gefunden wurde. Nach den bisherigen Recherchen war davon auszugehen, dass die Tote hier aus dem Heim stammte. Der Kommissar bemerkte, wie Herr Watzke ziemlich geschockt war. Aber darauf konnte er keine Rücksicht nehmen. Zu viele Fragen waren offen.

Stammte das Mädchen tatsächlich von hier? Wie war ihr Familienname? Aus welchem Grund war sie im Heim untergebracht? Seit wann wurde sie vermisst? Warum gab es keine Vermisstenanzeige?

Bisher wussten sie nur, dass ihr Vorname Lea war, dass sie Symptome einer Tourette-Erkrankung hatte und aus einem Baden-Badener Jugendheim ausgebüxt war.

Herr Watzke zeigte sich sehr bemüht, dem Kommissar auf seine Fragen Antwort zu geben. Es handele sich um Lea Wiese, 15 Jahre alt, die geschiedene Mutter lebe mit Leas jüngerer Schwester Laura in Sulz am Neckar, mit dem Vater bestehe kein Kontakt mehr. Lea war seit fast einem Jahr hier im Heim, weil sie in der Schule sehr auffällig war und nicht mehr zurechtkam. Die Mutter war überfordert, Lea wurde vom Jugendamt betreut. Vermisst wurde sie seit sechs Tagen.

»Und warum gab es keine Vermisstenanzeige?«, fragte der Kommissar verwundert.

»Weil es nicht das erste Mal war, dass Lea unterwegs war«, versuchte Herr Watzke zu erklären.

Und als er Doningers fragenden Blick wahrnahm, fuhr er fort:

»In den ersten Monaten lief alles normal. Lea schien sich hier gut eingewöhnt zu haben. Doch seit einiger Zeit war sie ziemlich bockig geworden, manchmal fast renitent, wie ich vom betreuenden Personal hörte. Und wenn ihr was nicht passte, haute sie ab. Anfangs haben wir sie immer als vermisst gemeldet. Das erste Mal wurde sie auch prompt von der Polizei aufgegriffen. Aber Lea war ein schlaues Mädchen. Sie war dann vorsichtiger. Spätestens nach einer Woche war sie entweder wieder hier oder bei ihrer Mutter in Sulz. Das haben wir auch dieses Mal vermutet.«

»Sie ist von hier bis nach Sulz gelaufen?«, wunderte sich der Kommissar.

»Gelaufen, getrampt, was weiß ich«, antwortete der Heimleiter, »jedenfalls tauchte sie immer wieder auf, spätestens nach einer Woche.«

»Das sieht nicht unbedingt nach Orientierung, Sicherheit und Geborgenheit aus, wie in der Homepage Ihres

Hauses zu lesen ist«, bemerkte Doninger ziemlich irritiert.

»Ich weiß«, seufzte Herr Watzke, »Sie ahnen nicht, wie viel Kopfzerbrechen mir das macht. Wie schwierig es heutzutage ist, genug Fachpersonal zu finden, die das auch umsetzen können, was wir anstreben.«

»Für unsere Ermittlungen brauchen wir eine Liste mit den Namen der Betreuer, die mit Lea zu tun hatten, und denen der Jugendlichen aus Leas Gruppe. Könnten Sie uns die per Fax zusenden?« Der Kommissar hoffte, aus diesem Personenkreis weitere Aufschlüsse über mögliche Ursachen zu bekommen, die zum Tod des Mädchens geführt hatten.

»Gab es in dieser Gruppe eine Person, zu der Lea näheren Kontakt hatte, mit der sie vielleicht sogar befreundet war?«, hakte Doninger nach.

Herr Watzke überlegte.

»Befreundet? Kann ich mir nicht vorstellen«, sagte er und schüttelte den Kopf. »Lea war Einzelgängerin, verschlossen. Der Umgang mit ihr wurde für die Betreuer immer schwieriger.«

»Also niemand, mit dem sie mal in der Freizeit zusammen gesehen wurde«, seufzte der Kommissar. »Ein trauriges Leben!«

»Mit Jana habe ich sie das eine oder andere Mal gesehen«, fiel es Herrn Watzke ein. »Jana Kiefer. Sie war ihre Zimmergenossin.«

Kommissar Doninger musste jede Möglichkeit nutzen, über Lea Wiese mehr in Erfahrung zu bringen. Herr Watzke war mit einer Befragung des Mädchens einverstanden.

Jana Kiefer bestätigte die Einschätzung des Heimleiters. Es war nicht leicht, mit Lea Kontakt aufzunehmen.

»Von Anfang an?«, wollte der Kommissar wissen.

»Also, gesprächig war sie nie. Aber in den ersten Monaten redete sie wenigstens ab und zu mit mir«, erklärte Jana. »Manchmal ging sie mit, wenn wir in die Stadt durften.«

»Wann hat sich das geändert?«, fragte Doninger. »Gab es einen Grund dafür?«

»Ich weiß es nicht. Lea hat nichts gesagt. Ich kann den Grund nur vermuten«, meinte Jana.

Und dann berichtete sie von einigen Vorkommnissen, die sie als Ursache für Leas Verhaltensänderung ansah. Einmal wurde ihr das Taschengeld geklaut, das sie von ihrer Mutter bekommen hatte. Es tauchte nie wieder auf. Eines Tages war sie mit einer Gruppe unterwegs, die erwischt wurde, als ein paar Jungs im Vorbeigehen ein paar Autotüren zerkratzten. Die ganze Gruppe wurde mit vier Wochen Ausgangsverbot bestraft. »Mitgefangen, mitgehangen«, war die Begründung.

»Am schlimmsten, denke ich, war die Sache mit der Gitarre«, sagte Jana. »Lea spielte im Zimmer oft Gitarre, und sie spielte gut. Ich schlug ihr vor, doch bei einem Gemeinschaftsabend im Heim vorzuspielen. Aber das wollte sie nicht. Und dann war ihre Gitarre weg. Lea war untröstlich. Es war das erste Mal, dass sie abhaute, ohne etwas zu sagen.«

Das Gespräch mit Jana Kiefer war für Kommissar Doninger ziemlich aufschlussreich. Er konnte verstehen, wie unglücklich Lea sich gefühlt haben musste. Jana hatte berichtet, wie sehr Lea ihre Mutter vermisste. Er erfuhr auch, dass sie wegen ihrer Tics gehänselt wurde, obwohl die Gruppe von den Betreuern über deren Ursache aufgeklärt worden war. Dem Kommissar war klar geworden, wie schwierig es für das Personal sein musste, den Jugendlichen einigermaßen gerecht zu werden. Sie kamen zum großen Teil aus zerrütteten Familien und hatten teilweise bereits eine kriminelle Vergangenheit.

Auf der Heimfahrt ins Laufbachtal musste der Kommissar dankbar daran denken, wie viel Glück sie gehabt hatten mit ihren Kindern. Gewiss, es war auch nicht immer alles Friede, Freude, Eierkuchen gewesen, aber im Großen und Ganzen waren sie gut mit ihnen zurechtgekommen. Doch wie viele Familien waren heute nicht mehr intakt. Wie viele Kinder waren hin- und hergerissen zwischen Eltern, die sich auseinandergelebt hatten. So wie bei Lea.

Morgen würde er gewiss mehr erfahren. Zusammen mit seiner Kollegin würde er nach Sulz am Neckar reisen. Aber jetzt winkte erst einmal ein Feierabendbier daheim im schönen Lauf. Das hatte er sich verdient!

6

»Na, heute Morgen kein Lied auf den Lippen, Herr Kollege?«, fragte die Kommissarin verwundert, als sie wieder einmal auf der Schwarzwaldhochstraße in Richtung Freudenstadt und weiter nach Sulz am Neckar unterwegs waren.

»Ausnahmsweise mal nicht«, brummte der Kommissar, »mir geht das Mädchen nicht aus dem Kopf. So jung und schon tot! Da kann man schon mal depressiv werden.«

»Vielleicht haben wir den Täter, wenn das Ergebnis der DNA-Analyse vorliegt«, meinte Simone Mertens. »Zum Glück hat er Spuren hinterlassen!«

»Hoffen wir's!«, sagte Doninger nur.

Doch es dauerte nicht lange, bis der Kommissar aus seiner Lethargie erwachte. Schuld daran waren die zahlreichen Brummis, die eine flotte Fahrt unmöglich machten. Ans Überholen war bei der kurvenreichen Strecke kaum zu denken.

»Schauen Sie doch mal auf die Kennzeichen, da ist keines aus der Gegend. Alles Speditionen von weiß Gott woher!«, bellte er.

»Ich frage mich, was der Riesentransporter aus Litauen auf dieser Panoramastraße zu suchen hat«, ereiferte er sich, als er bereits zehn Minuten hinter einem Lkw hinterhertuckerte. »Der hat doch hier nichts verloren, oder?«

Simone Mertens merkte, dass mit dem Kommissar heute nicht gut Kirschen essen war, und enthielt sich deshalb eines Kommentars. Doch damit beruhigte sie ihren Chef nicht.

»Das ist doch so, oder?«, fragte Doninger gereizt.

»Sie haben ja recht«, versuchte ihn die Kommissarin zu besänftigen, »aber mir ist lieber, wenn Sie singen oder die Gegend erklären.«

Schweigend erreichten sie Freudenstadt und fuhren dann durch das Glatttal Richtung Zielort.

Plötzlich fand der Kommissar seine Sprache wieder.

»Unsere gute Melanie Ams würde jetzt fragen, ob man nach der neuen Rechtschreibung Glatttal mit zwei oder drei ›t‹ schreibt«, fing er an.

»Und was würden Sie antworten?«, fragte seine Kollegin lächelnd.

»Mit drei natürlich«, antwortete Doninger und grinste, »zwei für die Glatt und eines für das Tal. Wir fahren nämlich durch das Tal des Flüsschens Glatt, das bei Neckarhausen in den Neckar mündet.«

Simone Mertens registrierte erleichtert, dass ihr Chef seine gute Laune wiedergefunden hatte. Und das war auch gut so, denn sie hatten noch ein schwieriges Gespräch mit Leas Mutter vor sich. Da war sie sich sicher. Ein Kind zu verlieren musste fürchterlich sein, stellte sie sich vor.

»Weiß Frau Wiese, dass die Kripo ins Haus kommt?«, fragte sie plötzlich.

»Sie ist darauf vorbereitet«, erwiderte der Kommissar. »Herr Watzke vom Jugendheim hat gestern Abend noch einen Psychologen zu Leas Mutter geschickt. Der hatte unter anderem den Auftrag, uns anzukündigen.«

Das Gespräch mit Leas Mutter verlief weitaus angenehmer als erwartet. Frau Wiese wirkte ziemlich gefasst, als sie ihr die ersten Ermittlungsergebnisse mitteilten. Jedenfalls hatten die Kommissare den Eindruck. Das Leben hatte diese Frau geprägt. Und es war kein einfaches Leben, wie sie aus ihren Schilderungen merkten.

Frau Wiese hatte jung geheiratet und kurz hintereinander zwei Mädchen bekommen. Alles schien gut zu laufen, bis ihr Mann mit einer jungen Arbeitskollegin anbändelte und danach immer öfters wegblieb. Eines Tages zog er aus. Nach einem erfolglosen Vermittlungsgespräch bei einer psychologischen Beratungsstelle kam es zur Scheidung. Lea war zu der Zeit gerade in die Schule gekommen.

Bald danach brach Leas Krankheit aus. Vielleicht war der Verlust des Vaters der Auslöser? Das Mädchen hing sehr an ihm. Aber er wollte von der Familie nichts mehr wissen, auch von Lea nicht. Für sie war das wie ein Schock. Ihr Verhalten veränderte sich.

Es fing an mit nervösen Zuckungen im Gesicht. Ein vorübergehender Tic, dachte die Mutter. Mit der Zeit kam ein andauerndes Räuspern dazu, später dann unvermittelt seltsame Laute, die sich wie Schreie anhörten. Anfangs versuchte Frau Wiese, beruhigend auf ihre Tochter einzureden. Als Lea mit den Schreien anfing, schimpfte sie auch manchmal, sie solle das endlich lassen. Schließlich ging sie mit ihr zum Kinderarzt.

»Verdacht auf Tourette-Syndrom«, lautete dessen Diagnose. Genauere Untersuchungen in der Uniklinik in Tübingen bestätigten die Krankheit, von der Frau Wiese vorher noch nie etwas gehört hatte. Die Ärzte erklärten ihr, es handle sich dabei um eine neuropsychiatrische Erkrankung.

»Und woher kommt dieses Syndrom?«, fragte Simone Mertens.

»Das ist noch nicht genau erforscht, wie man mir sagte«, erklärte Frau Wiese, »man glaubt, dass es sich um einen gestörten Stoffwechsel im Gehirn handelt.«

»Ist die Krankheit heilbar?«, hakte Robert Doninger nach.

»Bisher leider nicht«, seufzte Leas Mutter, »aber nach

der Pubertät tritt bei vielen Betroffenen eine deutliche Verbesserung ein. Manchmal merkt ein Außenstehender die Tics dann kaum noch.«

»Aber das hat sich bei Lea erledigt«, fügte sie bitter hinzu.

»Aus welchen Gründen kam Lea ins Jugendheim?«, fragte der Kommissar.

»Wegen ihrer Tics bekam Lea in der Schule Probleme, wie Sie sich vorstellen können«, antwortete Frau Wiese. »Zweimal hat sie deshalb die Schule gewechselt. In der dritten Schule schien alles zu klappen. Die Klassenkameraden sowie ihre Lehrer zeigten für Lea viel Verständnis. Leider gab es aber ein paar Eltern, die sich weigerten, ihr Kind zusammen mit Lea in einer Klasse unterrichten zu lassen.«

Leas Mutter berichtete noch, wie sie sich verzweifelt an den Kinderarzt gewandt hatte, der dann zusammen mit dem Jugendamt erreichte, dass Lea einen Platz in der Kinder- und Jugendpsychiatrie der Uniklinik Tübingen erhielt, wo sie bestens betreut wurde. Dort wurde Lea wieder ein fröhliches Mädchen, wie Frau Wiese sagte. Danach wurde ihr bis zum Ende der Schulzeit der Übergang nach Baden-Baden empfohlen, weil dort eine persönliche Betreuung möglich war.

»In der staatlichen Schule wäre das nicht gegangen?«, fragte Simone Mertens. »Ich weiß von einer befreundeten Lehrerin, dass sie ein Kind in der Klasse hat, das jeden Tag einen Schulbegleiter zur Seite hat.«

»Entweder gab es das bei Lea noch nicht oder es war nicht bekannt«, seufzte Leas Mutter. »Wenn sie diese Unterstützung bekommen hätte, hätte sie bei uns bleiben können und wäre noch am Leben.«

»In Baden-Baden hat sich Lea nie wohlgefühlt«, fuhr sie fort. »Die haben sich dort sicher Mühe gegeben, kein Vorwurf! Aber da hat sich meine Tochter total verändert. Darum ist sie auch ab und zu abgehauen.«

»Waren Sie damit einverstanden, dass das ohne Vermisstenanzeige ablief?«, fragte der Kommissar.

»Ja, das wurde mit mir abgesprochen«, erwiderte Frau Wiese, »Lea tauchte ja immer wieder auf. Aber jetzt mache ich mir Vorwürfe. Vielleicht wäre sie noch am Leben, wenn man sie vorher gefunden hätte.«

»Das weiß niemand«, versuchte die Kommissarin sie zu trösten, »glauben Sie mir, Sie haben getan, was Sie konnten.«

Und dann fügte sie hinzu: »Ihre andere Tochter Laura braucht sie jetzt umso mehr! Ist sie da?«

»Meine Eltern haben sie heute früh abgeholt und sind mit ihr in die Wilhelma gefahren«, antwortete Frau Wiese.

Als sie den fragenden Blick der Kommissarin bemerkte, erklärte sie: »In den Stuttgarter Zoo. Laura mag Tiere. Da ist sie etwas abgelenkt.«

»Wir werden Sie auf dem Laufenden halten«, versprach Hauptkommissar Doninger, als sie sich verabschiedeten.

Simone Mertens drehte sich noch einmal um.

»Noch eine Frage«, sagte sie. »Hat Lea einmal erwähnt, wo sie übernachtet hat, wenn sie von Baden-Baden nach Sulz unterwegs war?«

»Ich habe sie das jedes Mal gefragt«, versuchte Frau Wiese die Frage zu beantworten, »aber sie ist immer ausgewichen. Nur einmal hat sie von einem leer stehenden Schuppen gesprochen, in dem schon Adlige gehaust hätten.«

»Denken Sie auch an das ehemalige Kurhaus Sand?«, fragte die Kommissarin, als sie ins Auto stiegen.

»Genau! Es liegt dem Fundort der Leiche am nächsten«, gab ihr Doninger recht.

»Übrigens, mein Kompliment«, fügte er hinzu, »super, dass Sie Leas Mutter danach gefragt haben!«

Unter normalen Umständen hätte sich die Kommissarin über das Lob ihres Chefs gefreut. Aber heute wirkte sie ziemlich bedrückt. Doninger ging es nicht viel besser. Jeder hing seinen Gedanken nach, als sie losfuhren.

»Tage wie heute sind die bitteren Momente in unserem Beruf«, sagte Simone Mertens nach einer Weile.

»Aber sie gehören nun mal dazu«, seufzte ihr Kollege, »da müssen wir durch. Vielleicht bringt uns ein Kaffee wieder ins Gleichgewicht, bevor wir zurückfahren.«

Sein Schulfreund Richard hatte ihm begeistert von einem Café im Glatter Wasserschloss berichtet, das er unbedingt besuchen sollte, wenn er in der Gegend wäre.

»Die haben eine Schwarzwälder Kirschtorte, so was hast du noch nicht gesehen, und Eisbecher zum Hinschmelzen!«, hatte er geschwärmt und dazu die tollen Räumlichkeiten gepriesen.

»Ich sage dir, da kommen die Gäste von weit her!«

Und der Sulzer Stadtteil Glatt lag ganz in der Nähe.

»Auf nach Glatt!«, rief Doninger und fuhr los.

1

»Der Schaumann hat heute Morgen angerufen«, emp-fing sie Melanie Ams, als die Kommissare wieder im Büro landeten.

»Und wo drückte ihn der Schuh?«, brummte Donin-ger.

»Bestimmt wollte er sich nach den Fortschritten im vorliegenden Fall erkundigen«, vermutete Simone Mer-tens.

»Bingo!«, rief die Sekretärin. »Die Kandidatin hat hundert Punkte und gewinnt eine aufblasbare Wasch-maschine!«

»Trifft sich gut, einen Blasebalg habe ich schon«, meinte die Kommissarin und lachte.

»Er wird sich gedulden müssen, der Herr Kriminalrat in Rastatt«, schnaubte der Kommissar. »Scheint mal wie-der Langeweile zu haben. Haken wir's ab!«

Doch als Melanie Ams über den weiteren Inhalt des Telefonats berichtete, in dem der Leiter des Rastatter

Kriminalkommissariats die Notwendigkeit ihrer Reise nach Sulz angezweifelt hatte, wurde er dann doch etwas laut.

»Das ist mal wieder typisch für den Schaumann! Der hätte das natürlich telefonisch erledigt, der Sesselfurzer«, legte er los. »Kein Gespür dafür, was eine Mutter durchmacht, die gerade ein Kind verloren hat.«

Doninger atmete tief durch und legte dann nach: »Aus der Ferne sein Beileid aussprechen! Und dann noch vielleicht per Telefon fragen, was sie dazu zu sagen hat. Ich fass es nicht!«

Der Kommissar brauchte eine Weile, bis er sich beruhigt hatte. Er war sonst nicht leicht in Rage zu bringen. Aber wenn irgendwelche Büromenschen unqualifiziert in seine Arbeit hineinredeten, konnte er schon mal ausrasten.

»Nichts gegen Sie, meine Damen«, entschuldigte er sich für sein Aufbrausen, »aber der Schaumann schafft es immer wieder, mich auf die Palme zu bringen.«

»Sie können herunterkommen von der Palme«, versuchte Melanie Ams ihren Chef zu besänftigen,

»der Herr Kriminalrat ist weit weg.«

»Und hier in unserem Kommissariat haben Sie das Sagen, Herr Hauptkommissar Doninger«, pflichtete ihr Simone Mertens bei.

Doch um den Seelenzustand des Kommissars brauchten sie sich nicht zu sorgen. Dass es ihm an Selbstbewusstsein nicht mangelte, hatte er schon des Öfteren bewiesen, auch Vorgesetzten gegenüber. So war er sich sicher, dass die Fahrt nach Sulz neben der menschlichen Seite auch für die Lösung des Kriminalfalls wichtige Erkenntnisse gebracht hatte. Das Gefühl, dass der Tod des Mädchens und ihr Tourette-Syndrom in einem engen Zusammenhang stehen könnten, hatte sich nach dem Gespräch mit der Mutter verstärkt. Er musste sich über das weitere Vorgehen in diesem verzwickten Fall mit seiner Kollegin unterhalten.

Es war, als ob Simone Mertens Gedanken lesen könnte.

»Was nehmen wir als Nächstes in Angriff?«, fragte sie plötzlich und schaute ihren Kollegen erwartungsvoll an.

»Wir schießen jedenfalls nicht ins Kraut«, meinte Doninger, »sondern überlegen gemeinsam, was uns bei der Lösung des Falles weiterhilft.«

»Heute Morgen ist der Bericht von Doktor Seifert eingetroffen. Da müsste das Ergebnis der DNA-Analyse dabei sein«, ließ sich Melanie Ams hören.

»Und das sagen Sie erst jetzt?«, trompetete der Kommissar los.

»Das liegt alles auf Ihrem Schreibtisch, aber Sie waren ja total mit dem Schaumann beschäftigt!«, verteidigte sich die Sekretärin.

»Und ein aktuelles Foto des Mädchens liegt dabei. Ihre Mutter hat es per Mail geschickt«, fügte Melanie Ams hinzu.

»Robert Doninger, du wirst alt!«, brummte der Angesprochene vor sich hin.

Solche Laute waren von ihm immer dann zu hören, wenn er mit sich selbst unzufrieden war. Wie hatte er das übersehen können!

»Und? Wie sieht's aus?«, fragte die Kommissarin interessiert.

»Das DNA-Ergebnis vorneweg: Die Werte sind nirgends registriert. Wäre ja zu schön gewesen, um wahr zu sein«, seufzte Doninger.

»Und sonst?«, bohrte die Kollegin weiter.

»Haben sich die Dinge bestätigt, die Sie berichtet haben: das Alter des Mädchens, die Art der Verletzungen, die mögliche Todesursache«, ließ der Kommissar verlauten.

»Also, im Westen nichts Neues!«, konstatierte Melanie Ams.

»Aber hallo! Unsere liebe Ams hat den Roman von Erich Maria Remarque gelesen, Hut ab!«, rief Doninger.

»Das nicht gerade«, wiegelte die Sekretärin ab, »aber der Film lief mal im Fernsehen.«

»Zählt auch«, murmelte der Kommissar.

Und dann stellten sie eine Liste zusammen mit den weiteren Schritten, die sie in den nächsten Tagen unternehmen wollten. Damit Schwung in die Sache kommt, wie der Kommissar meinte, zumal der erneute Versuch einer Spurensicherung am Fundort der Leiche bei Tageslicht keine neuen Ergebnisse gebracht hatte. Auch die Suche nach dem Ausweis oder dem Handy des Mädchens war erfolglos geblieben.

Als Simone Mertens die Liste an die Pinnwand heftete, lächelte sie ihrem Kollegen zu.

»Alle Punkte bedeuten Außendienst: Kurhaus Sand und Umgebung, Campingplatz Herrenwies, Freizeitzentrum Mehliskopf«, las sie vor, »das dürfte Ihnen gelegen kommen, oder?«

»Und ob! Das ist etwas für meines Vaters Sohn«, sagte Doninger und lachte, »ausgenommen der nächste Punkt auf der Liste.«

»Sie meinen das Gespräch mit der Polizeipsychologin«, vermutete die Kommissarin.

»Sie sagen es!«, bestätigte ihr Kollege. »Aber ich verspreche mir davon wichtige Hilfen für die Lösung des Falles.«

»Beißen wir halt in den sauren Apfel!«, fügte er hinzu.

Simone Mertens hatte in der Zeit der Zusammenarbeit gemerkt, dass ihr Chef nicht besonders viel von Kriminalpsychologen hielt. Für seinen Geschmack redeten die viel zu viel. Er war Praktiker. Aber manchmal war es doch ganz hilfreich, auf ihr Wissen zurückgreifen zu können. Und wenn der Kommissar dadurch weiterkam, konnte es auch sein, dass ihm sogar ein zaghaftes Lob über die Lippen kam.

»Auch ein blindes Huhn findet mal ein Korn!«, sagte er dann zum Beispiel.

Und mit dem blinden Huhn meinte er mit Sicherheit nicht sich selbst.

8

»Ein imposanter Gebäudekomplex«, bemerkte Simone Mertens anerkennend, als sie vor dem ehemaligen Hotel und Kurhaus Sand standen.

»Und vor Jahren noch eine erstklassige Adresse«, wusste Doninger zu berichten, »bis 1994 als Hotel in Betrieb, dann nur zu bestimmten Anlässen offen und seit 2005 zu.«

»Und seither nagt der Zahn der Zeit daran«, seufzte die Kommissarin, »eigentlich schade.«

»Wenn man bedenkt, dass zur Eröffnung 1891 sogar der Großherzog Friedrich von Baden anwesend war, ist der Niedergang ein trauriges Kapitel«, sagte ihr Kollege.

»Ich hörte mal, die österreichische Kaiserin Elisabeth, die Sisi, soll sogar hier gespeist haben, stimmt das?«, wollte Simone Mertens wissen.

»Richtig! 1893 war sie mit der Erzherzogin Valerie hier. Und ein Jahr vorher war die holländische Königin Wilhelmine mit ihrer Mutter zur Kur«, berichtete Doninger.

»Ein tragischer Niedergang«, murmelte die Kommissarin vor sich hin, als sie durch eine Nebentür ins Innere des Hauptgebäudes traten.

Natürlich hatten sie sich vorher die Erlaubnis dazu und einen Schlüssel besorgt.

Das Schloss an der morschen Tür war dermaßen verlottert, dass sie es auch ohne Schlüssel aufgebracht hätten, wie der Kommissar feststellte. Drinnen sahen sie sich um. Die Räume waren zum Teil mit der Originaleinrichtung bestückt. Aber die Spuren des Dornröschenschlafes waren nicht zu übersehen: Der Verputz bröckelte, die Fenster waren milchig, die Rohre brüchig. Ziemlich gut im Schuss war das Jagdzimmer, das der damalige Besitzer Friedrich August Maier, der »Sandmaier«, wie er genannt wurde, im Jahr 1905 eingerichtet hatte. Mit dem stattlichen Kachelofen, dem alten Musikautomaten und den zahlreichen Jagdtrophäen an der Wand sah es so gemütlich aus wie vor 100 Jahren. Der »Sandmaier« war nicht nur ein leidenschaftlicher Jäger, wie Doninger zu berichten wusste, sondern auch Vorsitzender des Skiclubs Badener Höhe, der 1893 gegründet wurde. Seinen an Wintersport begeisterten Hotelgästen lieh er Schneeschuhe aus, wie die Skier damals hießen.

Und dann entdeckten sie, was sie zu finden hofften. In einem ehemaligen Gästezimmer musste bis vor kurzem jemand gewohnt oder zumindestens übernachtet haben. Die alte Matratze auf dem Boden, die verwa-

schene Decke, die umherliegenden Becher und Essens-
reste waren untrügliche Zeichen dafür.

»Die Leute von der Spurensicherung werden uns den
Nachweis erbringen, dass Lea hier war, da bin ich mir
sicher«, sagte der Kommissar. »Sie sollen gleich kommen!«

Simone Mertens zog ihr Handy heraus und rief an.
Inzwischen sah sich der Kommissar draußen um. Es
gab weitere Gebäude in der Nähe.

»Die gesamte Häusergruppe auf dem Sand gehört
zur Stadt Bühl«, erklärte Doninger, »früher war durch
den Fremdenverkehr hier einiges los. Ab 1920 gab es
eine Tankstelle, ab 1930 ein Postamt und ab 1936 sogar
einen Polizeiposten. Von der Tankstelle sind Reste zu
sehen. Auch die anderen Gebäude stehen noch, sind
aber schon lange nicht mehr in Betrieb.«

»Ich bin ja nicht für Nostalgie um jeden Preis«, sagte
Simone Mertens, »aber ist es nicht jammerschade, dass
hier so viel zugrunde geht?«

»Nicht nur hier«, spann der Kommissar den Faden
weiter, »auf Unterstmatt sieht es nicht besser aus, von
Hundseck ganz zu schweigen. Und was mit dem Plättig-
Hotel und vor allem mit der ehemaligen Nobelherberge
Bühlerhöhe passiert, wissen die Götter! Dort haben außer
dem Adenauer auch Bill Clinton und Nelson Mandela
übernachtet. Schnee von gestern. Seit 2010 steht es leer.«

»Wie heißt es so schön: ›Die Hoffnung stirbt zuletzt‹«,
zitierte die Kommissarin einen bekannten Spruch.

»Da muss sie sich aber beeilen, die Hoffnung«, meinte ihr Kollege. »Vielleicht kann der Verein ›Kulturerbe Schwarzwaldhochstraße‹ mit Sitz in Bühl etwas bewirken, den ein paar engagierte Leute 2013 gegründet haben.«

»Es wäre zu wünschen«, schloss Simone Mertens diese Gedankengänge ab, denn sie waren ja zu Ermittlungen hier und nicht zu Exkursionen in die Geschichte.

»Jetzt täte eine Tasse Kaffee gut«, meinte die Kommissarin, »bestimmt haben Sie eine Thermosflasche im Gepäck. Habe ich recht?«

»Dieses Mal leider nicht«, musste sie Doninger enttäuschen, »aber vielleicht haben wir Glück, kommen Sie!«

Etwa hundert Meter weiter in Richtung Badener Höhe kamen sie zur Bergwaldhütte, einem Gasthaus im Hüttenstil. Das hatte für Gäste um diese Zeit zwar noch nicht geöffnet, aber das störte den Kommissar nicht.

»Wir ermitteln in einem Mordfall«, entschuldigte er sich, als er klingelte.

»Unser Lokal ist noch geschlossen, wir öffnen erst zur Mittagszeit«, sagte der Wirt, als er nach einer Weile erschien.

»Kriminalpolizei Baden-Baden, wir hätten ein paar Fragen«, hielt Doninger dagegen und ließ ihn auf seinen Ausweis sehen.

Das wirkte! Der Wirt bat sie herein und bot ihnen

einen Kaffee an. Der Kommissar sah seine Kollegin triumphierend an.

»Na, geht doch!«, flüsterte er ihr zu.

Zum vorliegenden Fall konnten ihnen die Wirtsleute keine Informationen beisteuern. Die Frau war inzwischen dazugekommen. Das Mädchen auf dem Foto, das die Kommissare ihnen zeigten, hatten sie noch nie gesehen. Aber dafür schmeckte der Kaffee umso besser.

»Ein schönes Lokal haben Sie«, sagte Simone Mertens anerkennend.

»Urgemütlich«, bestätigte Doninger, »wirklich einen Besuch wert! Muss direkt mal wiederkommen.«

»Seit wann besteht das Haus?«, fragte die Kommissarin interessiert.

»Das Haus wurde 1949 als Erholungsheim für Kinder gebaut, später konnten sich Polizisten erholen, heute dient es als Unterkunft für Wanderer«, erklärte ihnen die Wirtin.

»Liegt ja auch direkt am Westweg von Pforzheim nach Basel«, fiel es Doninger ein.

»Unser Lokal ist aber für alle da. Unsere Küche bietet gute badische Gerichte«, ergänzte der Wirt.

»Wirklich einen Besuch wert!«, lobte der Kommissar, als sie sich verabschiedeten.

»Mit einem guten Kaffee im Magen sieht die Welt viel schöner aus«, meinte Simone Mertens, als sie ins Auto stiegen.

»Na, wie habe ich das angestellt?«, fragte ihr Kollege und grinste sie dabei an.

»Sie sind ein Schatz!«, rief die Kommissarin und lachte.

»Und wo geht es jetzt hin?«

Simone Mertens wurde sachlich. Sie waren ja auf keiner Kaffeefahrt, sondern hatten Ermittlungen in einem Kriminalfall anzustellen.

»Versuchen wir auf dem Campingplatz in Herrenwies unser Glück«, schlug der Kommissar vor. »Vielleicht ist das Mädchen dort aufgetaucht.«

Die Nachforschungen auf dem Campingplatz brachten keine neuen Erkenntnisse. An das Mädchen auf dem Foto konnte sich niemand erinnern. Vielleicht lag es daran, dass durch die nebenan liegende Jugendherberge die Anwesenheit junger Menschen zum Alltag gehörte und einzelne Kinder deswegen nicht auffielen. Vielleicht hatte sich das Mädchen dort nie sehen lassen. Trotzdem mussten die Ermittler jeder Spur nachgehen.

»Wir brauchen eine Liste mit Namen und Adressen aller Leute, die in der fraglichen Zeit auf Ihrem Campingplatz waren, auch von denen, die inzwischen abgereist sind. Da wäre auch das Datum ihrer Abreise wichtig«, sagte Kommissar Doninger, bevor sie sich vom Betreiber des Anwesens verabschiedeten.

»Ein schöner Platz«, meinte die Kommissarin. »Hier könnte ich mir einen erholsamen Urlaub gut vorstellen.«

»Camping ist nicht mehr so ganz meine Sache«, sagte ihr Kollege, »ich ziehe Urlaub in einer Ferienwohnung vor.«

»In der Jugendzeit habe ich oft gezeltet«, erzählte er dann, »einmal war ich 14 Tage mit Kameraden auf Fahrrädern und mit Zelten in Schleswig-Holstein unterwegs. Ich glaube, da war ich 16. Hamburg, Kiel, Ostsee, quer durchs Land, Sylt, Helgoland, das war 'ne tolle Sache!«

»Alles mit Fahrrädern?«, hakte Simone Mertens nach.

»Von Baden-Oos bis Hamburg und zurück mit dem Schnellzug, zwölf Stunden hin, zwölf zurück damals, von Klanxbüll nach Westerland mit dem Zug über den Damm auf die Insel Sylt, von dort mit dem Schiff zur Insel Helgoland und nach Hamburg zurück«, erinnerte sich Doninger. »Aber von Hamburg aus an die Ostsee und dann quer durch Schleswig-Holstein hindurch alles mit den Rädern! In Hamburg wollten wir in einer Jugendherberge übernachten. Wegen Überfüllung verbrachten wir zwei Nächte in einer Turnhalle mit Doppelstockbetten. Das war ein Geschnarche, kann ich Ihnen sagen.«

»Apropos Jugendherberge«, kam ihm plötzlich eine Idee. »Wir könnten dort drüben nachschauen. Vielleicht ist heute mehr Personal da.«

9

»Franz-Köbele-Jugendherberge«, las die Kommissarin wie beim letzten Besuch laut vor. »Haben Sie eine Ahnung, woher der Name kommt?«

»Tut mir leid, da muss ich passen«, gestand Doninger, »vielleicht von einem Förderer des Jugendherbergswerks, könnte ich mir vorstellen.«

»Egal! Hauptsache, wir kommen in der Sache weiter«, sagte Simone Mertens.

Die Stahnkes waren zwar beide gerade außer Haus. Dafür hatte Frau Pfister in der Küche Hilfe. Heidi Burger bereitete gerade die Salate für das Mittagsbüfett vor.

»Das sieht ja lecker aus«, stellte die Kommissarin fest, »das macht richtig Appetit!«

»Wenn Sie wollen, ab halb zwölf gibt's Mittagessen«, meinte Frau Pfister, »als Hauptgericht haben wir heute Tomaten-Hühnchenragout mit Wildreis.«

»Zeitlich könnte das passen«, überlegte der Kommissar und sah, wie die Augen seiner Kollegin strahlten.

Der Besuch der Jugendherberge schien sich nicht nur wegen der Aussicht auf eine leckere Mahlzeit zu lohnen. Heidi Burger konnte ihnen auch betreffs Lea Wiese einen vielversprechenden Tipp geben. Ihr war das Mädchen ebenfalls aufgefallen. Zuerst dachte sie, es gehörte zu einer der Schulklassen im Haus. Doch einmal kam sie mit Lea ins Gespräch. Das Mädchen fragte auch sie nach Arbeit. Sie musste verneinen, denn sie hatten in der Küche zu der Zeit keinen Bedarf.

Sie solle doch auf dem Mehliskopf nachfragen, hatte sie ihr vorgeschlagen. Sie hatte gehört, dass dort ab und zu Bedarf an zusätzlichen Arbeitskräften war. Ob es geklappt hatte, wusste sie nicht zu berichten.

»Wir werden das herausfinden«, sagte Doninger und bedankte sich für den Hinweis.

»Aber erst, wenn wir gegessen haben«, rief Simone Mertens, »es ist Mittagszeit!«

Das Essen war wirklich gut. Die Kommissarin genoss hauptsächlich die Vielfalt der Salate mit den verschiedenen Soßen. Doninger hielt sich mehr an das schmackhaft zubereitete Hühnchenragout. Zum Nachtisch gab es Vanillenflammerie mit Birnen, ein köstliches Gericht, wie die Kommissarin fand.

»Muss ich daheim mal probieren«, sagte sie und leckte sich die Lippen, »das Rezept bekomme ich bestimmt von Frau Pfister.«

»Schmeckt so ähnlich wie Vanillepudding«, fand der

Kommissar, und Pudding war nicht gerade seine Leibspeise.

Nach dem erfolgreichen Abstecher in die Jugendherberge Herrenwies stand noch der Besuch der Freizeit-
anlage am Mehliskopf auf dem Programm. Doch um
die Mittagszeit waren sie dort sicher nicht willkommen.
Da ging es im Gastronomie-Pavillon rund!

»Machen wir eine Pause und spazieren auf dem Kunst-
pfad zum Sandsee«, schlug Doninger vor. »Anschließend ist noch Zeit für einen Überfall am Mehliskopf.«

»Und gesund ist so ein Verdauungsspaziergang auch«,
pflichtete die Kollegin bei.

»Erholung und Kultur in einem, das kriegt man auch
nicht alle Tage«, sagte der Kommissar, als sie sich auf
den Weg machten.

Aus einem Prospekt wusste er, dass zehn Studierende
der Kunsthochschule Burg Giebichenstein bei Halle im
Jahr 2015 Kunstobjekte geschaffen hatten, die thema-
tisch in die Landschaft passten. Der Pfad mit den inter-
essanten Werken führte zunächst durch das Wiesenge-
lände und anschließend durch den Wald zum Sandsee.

Dort genossen sie auf einer der zahlreichen Bänke rund
um den vom Wald umschlossenen See die Ruhe. Für
kurze Zeit mal abschalten, an nichts denken und einfach
mal die Seele baumeln lassen, das war in ihrem Beruf
ab und zu notwendig. Danach konnte man wieder klar
denken und sich in die Arbeit stürzen.

»Einfach herrlich«, flüsterte Simone Mertens, »die Ruhe, die Waldluft! Hier könnte ich ein paar Stunden bleiben.«

»Das mit der Ruhe war nicht immer so«, wandte Doninger ein, »bis Mitte der Siebzigerjahre war hier ein Strandbad. Sie können sich nicht vorstellen, was da los war! Als Kind war ich auch ein paarmal da. Mit dem Bus ging's zum Sand hoch, danach zu Fuß durch den Wald bis zum See und dann ab ins Wasser! Von Ruhe war da nichts zu spüren.«

»Das kann man sich heute kaum vorstellen«, meinte die Kollegin und genoss die Stille umso mehr.

Doch dass die Kommissarin und ihr Kollege nicht zur Erholung hier waren, merkten sie spätestens dann, als sich Doningers Handy bemerkbar machte. Die Spurensicherung meldete sich mit einem ersten Ergebnis. Es war sicher, dass Lea zeitweise im ehemaligen Hotel Sand gehaust hatte. Zahlreiche Fingerabdrücke, die die Leute der Spusi an der Tür und im Zimmer gefunden hatten, waren mit denen des Mädchens identisch.

»Auf geht's«, sagte der Kommissar bestimmt, »die Arbeit ruft.«

Als sie den Gastronomie-Pavillon am Mehliskopf betraten, hatte sich die Lage entspannt. Nur vereinzelt saßen Gäste da und speisten. Einige genossen einen Espresso oder Cappuccino.

»So was Ähnliches könnte ich auch vertragen«, bemerkte die Kommissarin.

»Gnädige Frau, was darf ich Ihnen servieren?«, sagte Doninger galant.

»Einen doppelten Espresso bitte«, säuselte Simone Mertens und spitzte dabei die Lippen.

Ein Außenstehender hätte niemals den Eindruck gehabt, dass zwei Kommissare als Ermittler in einem Todesfall unterwegs waren. Aber Doninger liebte solche Einlagen. Die Arbeit machte dabei viel mehr Spaß.

Für sich nahm er einen großen Cappuccino.

»Ja, das Mädchen war ab und zu hier«, erinnerte sich Maik Walter, der Geschäftsführer, als er das Foto angesehen hatte. »Lea hieß sie, glaube ich.«

»Genau, Lea Wiese«, bestätigte der Kommissar.

»Sie wollte hier arbeiten«, sagte Herr Walter, »sie gab an, sie sei achtzehn. Aber das war sie bestimmt nicht. Und einen Ausweis hatte sie nicht dabei. Sagte sie wenigstens! Ich konnte sie deshalb nicht anstellen. Wissen Sie, Kinderarbeit! Darauf lasse ich mich nicht ein. Sonst verliere ich womöglich die Konzession!«

»Also hat sie hier nicht gearbeitet«, fasste die Kommissarin zusammen.

»Sie hat ab und zu, wenn Not am Mann war, das Geschirr abgeräumt, die Tische abgewischt oder den Boden gefegt, so eine Art Ferienjob«, räumte der Geschäftsführer ein, »dafür hat sie ein paar Euro als Taschengeld bekommen.«

»Können Sie sich erinnern, wann sie zuletzt hier war?«, fragte Hauptkommissar Doninger.

»Das war genau vor einer Woche«, antwortete Herr Walter nach kurzer Überlegung. »Da war viel los. Drei Busse auf einmal! Klettergarten, Rodelbahn, dann alles in den Pavillon. Ich war froh, als Lea an dem Tag aufkreuzte. Und jetzt ist sie tot, ich kann es kaum fassen«, fügte er hinzu und schüttelte den Kopf. »Ermordet, sagen Sie? Und so jung. Was für eine Welt!«

»Mord, Totschlag, tätlicher Angriff mit Todesfolge, wir sind noch bei den Ermittlungen«, schränkte die Kommissarin ein.

»Wir brauchen eine Liste mit den Namen und Adressen des Personals, das an diesem Tag hier war«, sagte Kommissar Doninger.

»Wie? Sie verdächtigen doch keinen von uns, oder?«, fragte Herr Walter. Seine Verwunderung war ihm anzusehen.

»Routine, reine Routine«, beruhigte ihn Simone Mertens. »Oft hilft uns bei den Befragungen ein kleiner Hinweis weiter.«

»Wenn wir die Mosaiksteine, die wir bis jetzt haben, zusammensetzen, ist etwas von einem Gesamtbild zu erkennen«, stellte der Kommissar fest, als sie im Auto saßen.

Er startete den Motor. Sie fuhren zurück nach Baden-Baden.

»Und wie sieht Ihr Gemäldefragment aus?«, fragte seine Kollegin interessiert.

Doninger fasste die bisherigen Erkenntnisse zusammen.

Lea Wiese war vor einer Woche zum letzten Mal im Pavillon gewesen. Nach den Angaben des Rechtsmediziners Doktor Seifert war das Mädchen beim Auffinden der Leiche bereits vier Tage tot. Inzwischen waren drei weitere Tage vergangen, also insgesamt eine Woche. Das bedeutete, dass der letzte Tag im Pavillon der Todestag gewesen sein könnte. Lea Wiese hatte nur wenige Hundert Meter Weg zu ihrem Unterschlupf im ehemaligen Kurhaus Sand zu gehen. Auf diesem Weg könnte sie zu Tode gekommen sein.

»Wir müssen die Strecke unter die Lupe nehmen«, schloss der Kommissar seine Überlegungen, »vielleicht finden wir einen brauchbaren Hinweis.«

»Gut kombiniert, Herr Hauptkommissar!«, lobte Simone Mertens. »Wir werden also Indianer spielen und die Fährte verfolgen.«

»Ja, aber erst morgen früh. Für heute reicht's«, sagte Doninger und atmete tief durch. »Ich setze Sie in Geroldsau vor Ihrer Haustür ab. Und dann mache ich mich auf den Heimweg. Ich muss mich unbedingt erholen und Kräfte sammeln. Morgen Nachmittag kommt die Polizeipsychologin.«

»Ist das die Kiesewetter mit dem brutalen Händedruck?«, fragte die Kommissarin.

»Ich weiß nicht, wen unser lieber Kriminalrat schickt. Ich bin mir nicht sicher, ob die Kiesewetter nach der

Polizeireform noch für uns zuständig ist. Sie kam zuletzt aus Karlsruhe. Unser Präsidium ist in Offenburg.«

»Morgen wissen wir mehr«, meinte Simone Mertens.

10

Das Wetter am nächsten Morgen lud nicht unbedingt zu einer Fahrt ins Höhengebiet ein. Die Landschaft war in dichten Nebel gehüllt. Aber davon ließen sich die Kommissare nicht abhalten. Auf ihrem Programm stand schließlich keine Vergnügungsreise, sondern eine wichtige Spurensuche in einem Mordfall.

»Lieber im Nebel umherirren als im Büro sitzen«, meinte Doninger, als sie in Lichtental auf die Schwarzwaldhochstraße abbogen.

Simone Mertens teilte nicht unbedingt diese Ansicht ihres Chefs, aber sie wusste, wie lästig die Schreibarbeit für den Kommissar war und dass er für jede Gelegenheit dankbar war, im Außendienst unterwegs zu sein.

»Vielleicht haben wir Glück und der Nebel lichtet sich«, sagte sie.

Die Kommissarin hatte in ihrer Baden-Badener Zeit schon einige Male erlebt, dass die Schwarzwaldgipfel im Sonnenlicht erstrahlten, während die Täler unten im Nebel steckten. Was die Wetterkundler eine Inversionswetterlage nannten, war für Simone Mertens jedes Mal wie ein Bild aus einem Märchenland: Unter blauem Himmel auf einem der Schwarzwaldberge stehen und auf ein Wolkenmeer unter sich blicken, aus dem vereinzelt ein paar Bergkuppen herausragten. So wie damals auf der Hornisgrinde, als sie diese Wetterkapriole zum ersten Mal erlebte, auf das weiße Wolkenmeer über dem Rheintal blickte und in der Ferne die Vogesen auftauchten.

Doch heute schien ihre Hoffnung nicht erfüllt zu werden.

»Nebel, nichts als Nebel«, seufzte sie.

»›Im Nebel ruhet noch die Welt‹, heißt es bei Mörike«, sagte der Kommissar, »kennen Sie sein Gedicht ›Septembermorgen‹?«

»Wer kennt das nicht«, erwiderte Simone Mertens, »das hat in keinem Schulbuch gefehlt.«

»Aber sehr schülerfreundlich«, bemerkte ihr Kollege, »nur sechs Zeilen.«

Und einträchtig rezitierten die beiden, was sie vor Jahren in der Schule gelernt hatten:

Im Nebel ruhet noch die Welt,
noch träumen Wald und Wiesen.
Bald siehst du, wenn der Schleier fällt,
den blauen Himmel unverstellt,

herbstkräftig die gedämpfte Welt
in warmem Golde fließen.

»Hoffen wir also, dass der Schleier noch fällt«, fügte Doninger hinzu.

Bisher deutete aber nichts darauf hin. Auch das Gebiet rund um das ehemalige Kurhaus Sand lag in dichtem Nebel. Nicht gerade optimal für die vorgesehene Spurensuche der beiden Kriminalisten. Es galt, die Strecke vom Gastronomie-Pavillon am Mehliskopf bis zum Sand abzusuchen. Vielleicht konnten sie einen Hinweis finden, der Aufschluss zum Tathergang gab. So viel war sicher: Der Fundort der Mädchenleiche am Sandsee war nicht der Tatort.

Der Kommissar und seine Kollegin zogen die Warnwesten an, die sie im Auto hatten. Bei dem Nebel war es nicht ungefährlich, auf der L 83 in Richtung Sand zu gehen, zumal die Straße eine Kurve machte. Auf der rechten Seite waren Leitplanken angebracht.

»Versuchen wir es zuerst auf dieser Seite. Da könnte das Mädchen beim Abwehren mit dem Kopf aufgeschlagen sein«, schlug Doninger vor.

»Sie hat geblutet, vielleicht ist was zu sehen«, sagte Simone Mertens.

Sie suchten jeden Zentimeter ab. Doch nichts Verwertbares war zu entdecken. Danach versuchten sie auf der anderen Seite der Straße ihr Glück. Das gleiche Ergebnis.

»Bleibt nur noch der Platz vor dem Hotel«, stellte der Kommissar fest.

Die L 83 machte eine scharfe Linkskurve zur Schwarzwaldhochstraße hin. Geradeaus ging es in Richtung Wanderparkplatz kurz vor der Bergwaldhütte. Rechts standen die Gebäude der ehemaligen Poststelle und des Polizeipostens. Treppenstufen, Geländer, Mauerreste, Steinblöcke – genug Möglichkeiten, sich beim Fallen das Genick zu brechen.

»Bingo!«, rief die Kommissarin plötzlich, als sie sich einen Fleck auf einem der Steinblöcke genauer angesehen hatte. »Das könnte getrocknetes Blut sein.«

»Sieht danach aus«, meinte Doninger, »das muss die Spusi unter die Lupe nehmen.«

Er rief den Kollegen Axel Reith von der Spurensicherung gleich an.

»Manchmal ist so ein Handy ganz praktisch«, bemerkte er dabei, obwohl er sonst von dem neumodischen Zeugs, wie er es nannte, nicht viel hielt.

Simone Mertens schmunzelte. Sie wusste, dass sich ihr Chef oft über die moderne Technik mokierte. Aber im Grunde war er zufrieden, wenn sie ihm bei der Lösung der Fälle weiterhalf.

»Moment mal! Was haben wir denn da?«, rief die Kommissarin.

Sie hatte sich gebückt und hielt mit einem kleinen Stöckchen etwas Silbriges in die Höhe. Es stellte sich als Teil einer dünnen Halskette heraus. Vielleicht hatte sie dem Mädchen gehört, war beim Kampf gerissen und zu Boden gefallen, und der Täter hatte beim Aufsammeln das kurze Stück übersehen.

»Wir werden das feststellen«, sagte Doninger.

»Respekt! Mit Ihrem Adlerblick hätten Sie einen super Spurenleser bei den Indianern abgegeben«, fügte er hinzu.

»Ob die eine Frau als Kundschafter akzeptiert hätten?«, wandte die Kollegin ein.

»Zum Glück sind Sie bei der Polizei gelandet«, antwortete der Kommissar.

Und wieder musste Simone Mertens schmunzeln. Das Lob ihres Chefs tat ihr sichtlich gut.

Bis Axel Reith und seine Leute von der Spurensicherung eintrafen, wollten sich Doninger und seine Kollegin mit einem Kaffee aufwärmen. Die Wirtsleute von der Bergwaldhütte staunten nicht schlecht, als die beiden Kriminalisten klingelten.

»Wir wissen, dass Sie um diese Zeit noch nicht geöffnet haben«, entschuldigte sich Hauptkommissar Doninger, »aber Ihr Haus ist unser einziger Zufluchtsort!«

»Ein heißer Kaffee täte bei dem Nebel gut«, flötete Simone Mertens und blickte den Wirt flehentlich an.

»Nur herein in die warme Stube!«, war die Antwort, und dazu musste man sie nicht zweimal auffordern.

Der heiße Kaffee tat gut. Nach einem kurzen, freundlichen Gespräch mit den Wirtsleuten waren Doninger und Simone Mertens allein in der Gaststube. Die Betreiber der Gaststätte hatten mit den Vorbereitungen für den Mittagstisch zu tun.

»Hoffen wir, dass die Spuren, die Sie gefunden haben, den Tatort bestätigen. Das würde uns ein gehöriges Stück weiterbringen«, sagte der Kommissar.

»Der Tatort könnte passen«, erklärte seine Kollegin, »der Täter hat sie auf ihrem Heimweg an der Stelle aus irgendeinem Grund gewürgt. Sie hat sich gewehrt und losgerissen. Dabei ist sie rückwärts gefallen und mit dem Genick auf dem Steinblock aufgeschlagen.«

»Klingt schlüssig«, bestätigte Doninger, »wir werden das herausfinden.«

»Noch einen Kaffee?«, rief der Wirt, als er kurz nach den Gästen sah.

»Wenn es Ihnen nicht zu viele Umstände macht«, antwortete die Kommissarin.

»Dieses Mal bezahlen wir aber!«, fügte Doninger hinzu.

Simone Mertens hatte während ihres Gesprächs die Speisekarte angeschaut.

»Ein tolles Angebot«, meinte sie dazu und las vor: »Ein Berghüttenteller mit hausgemachten Fleischküchle, Pilzrahmsoße, Maultaschen, Zwiebeln und Spätzle.«

»Klingt gut«, sagte ihr Kollege und blickte interessiert in die Karte.

»Ochsenbäckle mit Kartoffelbrei und Rotkraut«, las er nun seinerseits, »wie wär's damit?«

»Oder hier als Hüttenschmankerl: Grüne Nudeln in Sahnesauce, mit Schinkenstreifen, frischen Steinchampignons und Knoblauch«, zitierte Simone Mertens. »Dieses leckere Gericht gibt es auch vegetarisch.«

Doninger und seine Kollegin hätten wahrscheinlich noch lange in der verlockenden Speisekarte geschlemmt, wären sie nicht von den Leuten der inzwischen eingetroffenen Spusi aus ihren Träumen gerissen worden.

So waren sie bald im Alltag zurück. Im Innern hatten sie sich aber fest vorgenommen, an einem freien Tag etwas von den Köstlichkeiten zu genießen, von denen sie jetzt nur geträumt hatten. Und ein Wiederkommen hatten sie den Wirtsleuten fest versprochen, dann aber zu den regulären Öffnungszeiten!

11

»Die Kiesewetter kommt! In einer halben Stunde ist
sie da«, rief Melanie Ams und schaute belustigt zu den
Kommissaren hinüber. »Massiert vorsichtshalber mal
die Hände!«

Frau Doktor Kiesewetter war eine Polizeipsychologin aus Karlsruhe. Sie war gefürchtet wegen ihres
außergewöhnlich festen Händedrucks. Simone Mertens konnte ein Lied davon singen. Nach ihrem letzten
Besuch in Baden-Baden hatte sie in der rechten Hand
noch nach Tagen Schmerzen verspürt. Sie hatte sogar
einen Waffenschein für diesen Händedruck gefordert.

»Soso, die Kiesewetter«, murmelte der Kommissar
vor sich hin, »ist sie uns erhalten geblieben, die Gute!«

Und gut war sie in ihrem Fach, das war unbestritten!

»Dieses Mal trifft sie mich nicht unvorbereitet«, sagte
die Kommissarin und verließ lächelnd das Büro.

Und dann war sie da, die Kiesewetter! In ihrer forschen
Art stürmte sie ins Büro, stürzte auf den Kommissar zu

und packte seine rechte Hand. Doninger wusste, was kam, und drückte auch seinerseits mit aller Kraft zu.

»Das nenne ich einen Händedruck!«, rief die Psychologin. »Nicht so lasch wie die jungen Dinger mit ihren Patschehändchen!«

Der Kommissar atmete tief durch. Der Angriff war überstanden! Trotzdem rieb er sich verstohlen die gequetschte Hand hinter seinem Schreibtisch.

Melanie Ams hatte vorsichtshalber mit beiden Händen nach Aktenordnern gegriffen, sodass die Psychologin gar nicht erst in Versuchung kommen konnte, ihre Hand zu schütteln.

»Immer voll mit Arbeit beschäftigt«, posaunte Frau Doktor Kiesewetter.

»Ja, unsere Frau Ams ist sehr fleißig«, bestätigte Doninger.

In diesem Augenblick betrat Simone Mertens das Zimmer. Ihre rechte Hand war mit einer Binde umwickelt, der Daumen an der linken Hand komplett verpflastert.

»Mein Gott! Wer hat Sie denn so zugerichtet?«, rief die Psychologin.

»Ich habe die Rolle der Pechmarie in Grimms Märchen ›Frau Holle‹ übernommen«, seufzte die Kommissarin.

Frau Kiesewetter schaute etwas irritiert.

»Gestern habe ich mich in den Daumen geschnitten und heute Morgen die Hand in der Autotür eingeklemmt«, erklärte ihr Frau Mertens.

»Und kommen trotzdem tapfer zum Dienst. Sehr lobenswert!«, meinte die Psychologin und ersparte der verletzten Kollegin den Händedruck.

»Und jetzt zu unserem eigentlichen Thema, lieber Kollege«, sagte sie dann und wandte sich an den Hauptkommissar. »Sie wollen wissen, ob die Tourette-Erkrankung des Opfers einen Einfluss auf die Tat haben könnte, speziell die damit verbundenen Tics.«

»So ist es«, erwiderte der Kommissar.

Er stand auf, ging an die Pinnwand und schilderte der Polizeipsychologin die bisherigen Erkenntnisse. Auf einer Karte zeigte er den Fundort und den davon abweichenden Tatort, der inzwischen so gut wie feststand. Der Rechtsmediziner Doktor Seifert hatte den Blutfleck auf dem Steinblock eindeutig dem toten Mädchen zugeordnet. Das Ergebnis der DNA-Analyse vom gefundenen Teil des Halskettchens stand noch aus. Nach den genauen Untersuchungen des Rechtsmediziners hatte der Täter das Mädchen nur am Hals angefasst, gewürgt und danach von sich gestoßen, wobei sich das Opfer beim Aufschlag auf den kantigen Stein das Genick gebrochen hatte. Warum er es anschließend zum See transportierte und dort im Wald unter einem Reisighaufen versteckte, konnte bisher nicht geklärt werden.

»Und nun meine Frage dazu«, wandte sich der Kommissar an die Psychologin. »Könnte es sein, dass der

Täter mögliche Tics des Opfers falsch deutete und sich durch sie provoziert fühlte?«

»Die Möglichkeit besteht durchaus«, antwortete Frau Doktor Kiesewetter. »Allerdings müssten dabei mehrere Faktoren zusammenkommen.«

»Und die wären?«, wollte die Kommissarin wissen.

»Also, sehen wir uns zunächst das Mädchen an!«, erklärte die Psychologin. »Ihre Tics müssten in dieser Situation äußerst stark gewesen sein. Vor allem die verbalen Kraftausdrücke oder die obszönen Anspielungen.«

»Und wie sieht das Profil des Täters aus?«, fragte Simone Mertens interessiert.

»Wenn man seine Reaktion betrachtet, könnte es sich um einen Choleriker handeln, der gleich handgreiflich wird, wenn er sich aufregt«, erwiderte die Psychologin.

Nach kurzer Überlegung fügte sie hinzu:

»Es besteht aber auch die Möglichkeit, dass wir einen Menschen vor uns haben, der Frauen gegenüber Minderwertigkeitskomplexe hat und zupackt, wenn er sich verspottet fühlt.«

»Wenn ich Ihre Ausführungen richtig deute«, meinte die Kommissarin, »wäre das alles nicht passiert, wenn der Täter von der Tourette-Erkrankung des Mädchens gewusst hätte.«

»So könnte man das deuten«, sagte die Polizeipsychologin.

»Tragisch, sehr tragisch«, seufzte Hauptkommissar Doninger.

»Aber das ist keine Entschuldigung für die Tat«, fügte er hinzu.

»Sicherlich nicht«, bestätigte Frau Doktor Kiesewetter. »Aber es zeigt mal wieder, wie wenig die meisten Menschen über diese Krankheit wissen.«

»Ich gebe zu, dass ich vor diesem Fall darüber auch nicht viel wusste«, gestand der Kommissar.

»Den betroffenen Menschen würde es schon helfen, wenn das Umfeld weiß, dass es diese Krankheit gibt und wie sie sich äußert. Dann könnte man auch lernen, richtig damit umzugehen«, erklärte die Psychologin.

»Dafür genügen bereits wenige Informationen«, fügte sie hinzu.

»Würden Sie uns diese Informationen nennen?«, fragte Simone Mertens. »Ich gebe zu, ich weiß nicht viel über Tourette.«

»Beim Tourette-Syndrom handelt es sich um eine neuropsychiatrische Erkrankung. Bei den Betroffenen ist der Botenstoffwechsel im Gehirn gestört.

Es führt dazu, dass diese Menschen nicht immer in der Lage sind, sich unter Kontrolle zu haben. Das äußert sich in den Tics. Oft ist der Drang so stark, dass die Muskelzuckungen oder Lautäußerungen nicht zurückgehalten werden können. Vergleichbar ist das mit dem Drang zum Niesen oder beim Schluckauf. Im Zusammenhang mit Ärger, Anspannung, Stress oder auch bei freudiger Erregung können die Tics verstärkt auftreten.

Im entspannten Zustand lassen sie nach«, erklärte Frau Doktor Kiesewetter.

»Wie viele Menschen sind davon betroffen?«, fragte Simone Mertens.

»Das ist schwer zu sagen«, meinte die Psychologin. »Die Diagnose ist in vielen Fällen schwer. Oft wird die Krankheit auch nicht erkannt. In Deutschland geht man von einer Mindestzahl von 40.000 aus, andere sprechen gar von 800.000. Sie sehen, die Bandbreite ist sehr groß.«

»Weiß man auch, wer besonders davon betroffen ist?«, wollte die Kommissarin wissen.

»Die Auffälligkeiten beginnen im Kindes- oder Jugendalter, mal in nur schwacher Ausprägung, manchmal aber auch, wie in Leas Fall, ziemlich auffällig. Heilbar ist die Krankheit nicht, aber therapiefähig. Und manchmal verschwinden die Tics nach der Pubertät teilweise oder beinahe ganz. Übrigens sind unter den Betroffenen auch Musiker, Ingenieure, Ärzte, Landwirte, Pädagogen, Metzger, Polizisten, also Leute in vielen Berufen. Bis auf wenige schwere Fälle kann man die Krankheit also in den Griff bekommen.«

»Bei Lea ist das zu spät!«, seufzte Simone Mertens.

»Ja, leider«, bedauerte Frau Doktor Kiesewetter. »Kindern oder Jugendlichen, die in der Schule und in ihrer Freizeit wegen ihrer Tics Hänseleien ausgesetzt sind und die dann dementsprechend reagieren, was wiederum Gegenreaktionen auslöst, könnte geholfen werden, wenn das Umfeld Bescheid wüsste und sich dementsprechend verhalten würde. In der Schule hätte Lea eine Begleitperson gebraucht. Dann hätte sie in ihrer gewohnten Umgebung bleiben können. Heute ist das gesetzlich geregelt. Die Kosten übernehmen die zuständigen Sozialhilfeträger. Die Beantragung ist allerdings nicht immer einfach, da es bei den zuständigen Behörden manchmal an den nötigen Kenntnissen fehlt. Da ist einiges zu tun, denn jeder Euro, den man in die Jugend investiert, ist ein gewonnener Euro!«

Die Polizeipsychologin Frau Doktor Kiesewetter hatte an diesem Nachmittag aufmerksame Zuhörer gefunden. Sogar Hauptkommissar Doninger, der sonst Psychologen gegenüber ziemlich reserviert war, zeigte sich beeindruckt.

»Respekt, Frau Kollegin, Respekt!«, sagte er, als sich die Psychologin verabschiedete.

Dabei nahm er sogar den festen Händedruck in Kauf, der ihn fast in die Knie zwang.

»Einen Knicks brauchen Sie nicht zu machen!«, rief die Kiesewetter und lachte.

Die Kommissarin entging wegen der Bandagen an ihren Händen dieser Prozedur. Aber ungeschoren kam sie doch nicht davon. Denn die Genesungswünsche, die sie von der Psychologin zum Abschied zu hören bekam, wurden mit einem kräftigen Klaps auf den Rücken untermauert, was die Kollegin nach Luft ringen ließ. Vorsichtshalber griff die Sekretärin Melanie

Ams schleunigst nach ihren Aktenordnern, die sie schüt-
zend vor sich hielt.

»Immer fleißig, die gute Seele!«, lobte die Kiesewetter
und rauschte davon.

12

Inzwischen waren die Personallisten aus dem Jugendheim, dem Campingplatz und vom Mehliskopf per Fax eingetroffen. Die ermittelnden Beamten waren seit Stunden damit beschäftigt, die Namen zu überprüfen und einige Befragungen vorzunehmen. Neue Erkenntnisse ergaben sich daraus nicht.

Doch eine Spur mussten sie etwas genauer verfolgen. Unter den Namen auf der Liste des Campingplatzes war der eines Mannes, der im Polizeicomputer registriert war. Holger Matull aus Iserlohn. Er galt als aufbrausend, war mehrmals in Schlägereien verwickelt, und was ihn zudem verdächtig machte: Sein Abreisetag war genau der Tag, an dem das Mädchen zu Tode kam.

»Iserlohn?« Die Kommissarin stutzte. »Stammte nicht der Täter im Fall der Moorleiche auf dem Hochkopf ebenfalls aus Iserlohn?«

»Das wäre ein seltsamer Zufall, wenn wir erneut dort fündig würden«, sagte Doninger. »Aber noch ist nichts bewiesen.«

Die Sache ließe sich leicht klären. Was die Ermittler bräuchten, wäre die DNA des Verdächtigen. Mit den Beamten in Iserlohn hatten sie bereits im Fall der Moorleiche zusammengearbeitet. Sie würden die Arbeit für die Baden-Badener Kollegen wieder übernehmen. Da waren sich Doninger und Mertens sicher. Sie wollten den Kriminalrat darum bitten, die notwendigen Schritte in die Wege zu leiten.

Kriminalrat Schaumann hatte erreicht, was er angestrebt hatte. Im Zuge der Polizeireform in Baden-Württemberg war er Leiter des Kriminalkommissariats in Rastatt geworden. Die Abteilung in Baden-Baden gehörte zu seinem Dienstbereich. Bei Hauptkommissar Doninger wusste er sie in guten Händen. Trotzdem schaute er ab und zu dort vorbei.

Wie es der Zufall wollte, war es heute mal wieder so weit. Nach einem kurzen Klopfen stand er plötzlich in der Tür.

»Das trifft sich ja gut«, posaunte er los, »ausnahmsweise mal alle versammelt.«

Die gesamte Baden-Badener Belegschaft zuckte zusammen wie vom Blitz getroffen. Nicht dass sie ein schlechtes Gewissen gehabt hätten. Sie waren alle intensiv mit Arbeit beschäftigt. Aber dass der Schaumann ohne Vorwarnung hereinplatzte, damit hatte niemand gerechnet.

»Aha, der Chef persönlich«, stammelte Doninger verdattert, was sonst nicht seine Art war. »Was verschafft uns die Ehre?«

»Nichts von Bedeutung«, erwiderte der Kriminalrat, »ich wollte nur zeigen, dass es mich noch gibt.«

»Und schauen, ob wir was tun«, ergänzte Doninger.

»Aber, aber, lieber Kollege, sehe ich so aus? Ich weiß doch, dass Sie alle gute Arbeit leisten!« Der Kriminalrat tat entrüstet.

»Aber wenn wir gerade beim Thema sind«, fuhr er fort, »könnten Sie mir sagen, wie weit wir in der Sache mit dem Mädchen vom Sandsee sind?«

Der Kommissar verkniff sich ein Grinsen. Schaumann hatte mal wieder von »wir« gesprochen, als ob er an den Ermittlungen beteiligt wäre. Doch damit konnte er leben. Im Stillen fragte er sich aber, ob das »Wir« bei einem Misserfolg auch zu hören wäre.

»Also, wie sieht's aus?«, hakte der Kriminalrat nach.

»Kommt Zeit, kommt Rat, auch wenn's ein Kriminalrat ist«, sagte Doninger und lächelte seinen Vorgesetzten an.

»Immer zu einem kleinen Scherz aufgelegt, der Kollege«, meinte Schaumann und verzog dabei sein Gesicht zu einem etwas gequält wirkenden Grinsen.

Simone Mertens spürte, dass es an der Zeit war, den Kriminalrat von Doningers Sticheleien zu befreien.

»Wir sind gerade dabei, aus den bisherigen Erkenntnissen das weitere Vorgehen in dem Fall festzulegen«, erklärte sie. »Wenn Sie Zeit haben, können wir das ja gemeinsam tun.«

»Viel Zeit habe ich nicht«, gestand der Kriminalrat, »aber zu ein paar Überlegungen müsste es reichen.«

Die Kommissarin übernahm es, den Vorgesetzten aus Rastatt über den bisherigen Ermittlungsstand zu unterrichten. Inzwischen war bestätigt worden, dass das beim Kurhotel Sand gefundene Kettenteilchen dem Mädchen gehört hatte. Also war der Tatort mit ziemlicher Sicherheit festzumachen.

»Wir kennen den Fundort der Leiche, wir kennen den Tatort, wir wissen, wer die Tote ist, wir kennen das Umfeld des Opfers«, erklärte Simone Mertens, »aber wir wissen nicht, wer der Täter ist. Wir kennen nur seine DNA, die aber nirgends registriert ist.«

»Die Frage ist also«, mischte sich der Kommissar ein, »wo setzen wir bei der Tätersuche an?«

Und dann berichtete er von der Auswertung der Listen und der verdächtigen Person, die im Polizeicomputer registriert war.

»Also, ein Holger Matull aus Iserlohn«, wiederholte der Kriminalrat. »Da haben wir vielleicht den Mann, den wir suchen.«

»Er würde zum Täterprofil passen, das uns die Psychologin Doktor Kiesewetter genannt hat«, sagte der Kommissar.

»Sie hat uns zum Täterprofil zwei Typen beschrieben«, erklärte die Kommissarin, »zum einen einen Choleriker, zum anderen einen mit einem Minderwertigkeitskomplex Frauen gegenüber.«

»Und beides trifft auf diesen Typen zu, wenn die Angaben im Computer stimmen«, fügte Doninger hinzu.

»Was uns fehlt, ist ein DNA-Abgleich«, meinte die Kommissarin, »wenn der übereinstimmt, haben wir den Täter.«

»Wenn das alles ist, den kann ich Ihnen besorgen«, sagte der Kriminalrat, »ich werde mich mit den Beamten in Iserlohn in Verbindung setzen.«

Sagte es, stand auf, schüttelte allen die Hand und verschwand.

»Da sitz ich nun, ich armer Tor!
Und bin so klug als wie zuvor.«

Der Kommissar hatte, wie so oft, ein Zitat parat.

»Goethe, Faust, Erster Teil«, fügte er erklärend hinzu.

»Vielleicht sind wir klüger, wenn uns der Schaumann die Nachrichten aus Iserlohn verkündet«, tröstete ihn seine Kollegin. »Bis dahin gibt es für uns genug zu tun.«

Für das weitere Vorgehen stellten die beiden Kommissare im Verlauf des Tages eine brauchbare Liste möglicher Ansatzpunkte zusammen:

- Spurenvergleich Tatort / Fundort, identische Spuren, Reifenabdrücke
- Suche im Sandsee nach fehlenden Sachen der Toten (Handy, Ausweis)

- Suche nach möglichen Zeugen (Personen in der Umgebung)
- Öffentlichkeitsarbeit (Zeugenaufruf in den Medien)
Den ermittelnden Beamten war klar, wenn sich die Spur nach Iserlohn als falsch erweisen sollte, würde die Suche nach der Nadel im Heuhaufen von neuem beginnen. Der Täter könnte von weiß Gott woher gekommen sein. Das Gebiet lag schließlich im Nationalpark Schwarzwald mit einem großen Publikumsverkehr. Choleriker und Menschen mit Minderwertigkeitskomplexen gab es genug. Immerhin war davon auszugehen, dass der Täter ein Auto gefahren haben musste. Ein Transport zu Fuß vom Tatort zum Fundort am Sandsee war mit ziemlicher Sicherheit auszuschließen. Dafür war die Strecke zu weit. Die Gefahr, dabei gesehen zu werden, wäre für den Täter zu groß gewesen.

»Packen wir's an!«, rief die Kommissarin.

»Was bleibt uns anderes übrig?«, meinte ihr Kollege.

»Sie schaffen das, da bin ich überzeugt«, sagte Melanie Ams.

»Ihr Wort in Gottes Ohr, sagt ein Sprichwort«, seufzte Doninger und fügte hinzu: »Wer Gott, dem Allerhöchsten, traut, der hat auf keinen Sand gebaut!«

»Ist das nicht aus einem Kirchenlied?«, fragte die Sekretärin.

»Bingo!«, rief der Kommissar. »Dieses Mal bekommen Sie die aufblasbare Waschmaschine.«

»Und ich leihe Ihnen meinen Blasebalg dazu«, sagte Simone Mertens und lachte.

Sie wusste, ihr Lachen war ansteckend.

Als Hauptkommissar Doninger an diesem Abend durch das Rebgelände nach Hause fuhr, war er sich sicher: Heute würde er sich ein gutes Viertele Spätburgunder gönnen, einen »Alde Gott« oder einen »Affentaler«. Mindestens ein Viertele!

13

Robert Doninger atmete erleichtert auf, als er sich am nächsten Morgen ins Auto setzte und über den Bischenberg und Brandmatt ins Höhengebiet fuhr. Nach fast zwei Tagen Büroarbeit brauchte er wieder frische Luft, und die gab es auf den Schwarzwaldhöhen zur Genüge. Er wollte sich mit seiner Kollegin und den Leuten der Spurensicherung beim ehemaligen Kurhaus Sand treffen. Die Punkte 1 und 2 ihrer am Vortag erstellten Liste standen auf dem Programm: Der Spurenvergleich Tatort / Fundort und die Suche nach Gegenständen im Sandsee. Zu diesem Zweck hatte er extra einen Taucher für seine Mannschaft angefordert.

So viele Fahrzeuge wie an diesem Morgen waren schon lange nicht mehr vor dem ehemaligen Kurhotel gestanden. Nach kurzer Absprache zwecks Arbeitsaufteilung konnte die Suche losgehen. Beim Sichern von Reifenspuren war das größte Problem, dass ein großer Teil des Platzes asphaltiert war. Aber es gab ein paar Lücken, vor allem an den Rändern. Jeder Abdruck, war er auch nur schwach ausgeprägt, wurde fotografiert. Darüber hinaus suchten die Leute der Spusi die Umgebung, vor allem den angrenzenden Wald ab. Vielleicht war doch ein Hinweis, der zum Täter führen könnte, zu finden. Müll lag genug herum. Aber es war unwahrscheinlich, dass leere Dosen oder Flaschen für die Aufklärung des Falles relevant sein könnten. Trotzdem kamen sie in den Sack.

»Aktion saubere Umwelt!«, meinte einer der Beamten und lachte.

Und dann kam doch noch etwas Brauchbares zum Vorschein. In einer Hecke fand einer der Leute einen verschmutzten Lappen.

»Riecht nach Motorenöl«, sagte er und reichte das gefundene Stück an den Kommissar weiter.

»Und was da wie ein Rostfleck aussieht, könnte Blut sein«, meinte Doninger, als er den Lappen genauer betrachtete.

»Vielleicht hat der Täter damit versucht, das Blut auf dem Steinblock notdürftig wegzuwischen«, hatte Simone Mertens eine Idee.

»Das Labor wird es feststellen«, entschied der Kommissar und ließ das Beweisstück einpacken.

Der Einsatz war also nicht umsonst gewesen, wie es schien.

Danach setzte sich der Tross in Bewegung. Nächste Station: Sandsee. Ein Stück auf der L 83 am Mehliskopf vorbei in Richtung Herrenwies. Axel Reith und seine Leute kannten sich vom letzten Mal bereits aus. Die Autos ließen sie auf dem Parkplatz entlang der Straße stehen.

Zum Glück war die Parkfläche in der schneefreien Zeit kaum belegt. Für die Sommerrodelbahn und den Klettergarten genügten die Parkplätze direkt am Mehliskopf. Wenn Skibetrieb war, standen auch auf der Parkfläche entlang der Straße massenhaft Autos.

Die paar Meter zum See hinunter konnten sie zu Fuß gehen. Waldluft schnuppern! Nur der Taucher fuhr mit seinem Wagen den schmalen Weg zum See hinunter. Seine Ausrüstung war zum Tauchen bestimmt, nicht zum durch die Gegend Tragen!

Am Sandsee gestaltete sich die Suche nach Reifenspuren einfacher. Nur das Wegstück von der Straße in den Wald hinein war geteert, der Rest Stein und Sand. Jede noch so kleine Reifenspur wurde fotografiert. Da die Leute von der Spurensicherung beim ersten Termin rund um die Fundstelle der Leiche bereits ausgiebig am Werk gewesen waren, konzentrierte man sich nun auf das Absuchen des Sees. Vielleicht tauchte das Handy oder der Ausweis der Toten irgendwo auf?

Ein ums andere Mal tauchte der Froschmann im kristallklaren Wasser unter, doch nichts Brauchbares kam zum Vorschein. Ein paar leere Flaschen und Dosen, die Wanderer achtlos in den See geworfen hatten, waren die einzige Ausbeute. Nach mehreren vergeblichen Tauchgängen brach der Kommissar die Suche ab.

»Wer weiß, wo Handy, Ausweis und was das Mädchen sonst noch bei sich hatte, geblieben sind«, sagte Doninger. »Die Sachen könnten sonst wo gelandet sein.«

»Vielleicht hat sie der Täter noch bei sich«, überlegte die Kommissarin laut und zuckte dabei mit den Schultern.

Im Grunde genommen waren von den Gegenständen kaum neue Erkenntnisse zu erwarten. Das Handy beim Täter zu finden, das wäre eher ein Knaller! Aber Doninger machte sich in dieser Richtung keine Hoffnungen. So blöd kann keiner sein, dachte er bei sich.

»Können Sie etwas Konkretes zu den Reifenabdrücken sagen?«, fragte der Kommissar Axel Reith, den Leiter der Spurensicherung. Er war ein paar Jahre jünger als Doninger.

»In einem Fall scheint es eine Übereinstimmung zu geben«, antwortete der Beamte, »aber hieb- und stichfest kann ich Ihnen das erst sagen, wenn wir die Bilder genau unter die Lupe genommen haben. Spätestens morgen früh haben Sie unseren Bericht auf Ihrem Schreibtisch liegen.«

Hauptkommissar Doninger bedankte sich beim Kollegen Reith und seinen Leuten. Das Ergebnis der Aktion war nicht gerade berauschend, aber wenn sich der rotbraune Fleck auf dem Lappen als Blut des Opfers herausstellte und eine der Reifenspuren an beiden Orten vorkäme, hätte sich der Einsatz auf jeden Fall gelohnt.

»Sie können mit mir fahren«, sagte Doninger zu seiner Kollegin, die am Morgen mit den Herren der Spurensicherung von Baden-Baden aus gekommen war. »Wir haben jetzt den gleichen Weg.«

Die Leute der Spusi waren bereits weg, als der Kommissar im Kofferraum seines Autos herumkramte. Simone Mertens wunderte sich.

»Haben Sie auch so einen Kaffeedurst wie ich?«, fragte Doninger, als die Luft rein war.

»Wir können doch die Wirtsleute von der Bergwaldhütte nicht schon wieder überfallen«, meinte die Kollegin und verdrehte die Augen.

»Es gibt eine andere Möglichkeit«, sagte der Kommissar und deutete vielsagend auf die geöffnete Heckklappe.

»Kann es sein, dass Sie eine Thermoskanne und zwei Tassen im Kofferraum versteckt haben?«, flötete die Kommissarin hoffnungsvoll.

»Nicht nur das«, meinte ihr Kollege und grinste. »Gehe ich recht in der Annahme, dass Ihr Magen ebenso knurrt wie meiner? Meine Frau hat uns einen ganzen Korb voll Proviant eingepackt.«

Simone Mertens ließ sich nicht zweimal bitten. Egal, ob der Magen knurrte oder nicht. Die Aussicht auf ein Picknick in frischer Luft war zu verlockend!

»Unten am See schmeckt's doppelt so gut«, rief der Kommissar und griff nach dem Korb. »Bringen Sie die Thermoskanne!«

Und wie es schmeckte! Doninger und seine Kollegin hatten es sich auf einer der zahlreichen Bänke rund um den See bequem gemacht und genossen die mit Wurst und Käse reichlich belegten Brote, dazu die Essiggurken und Radieschen, die gekochten Eier und Apfelschnitze und nicht zu vergessen den heißen Bohnenkaffee!

»Wenn das der Schaumann wüsste, er würde platzen vor Neid«, sagte Simone Mertens und schlürfte genüsslich den herrlich duftenden Kaffee aus ihrer Tasse.

»Der hockt hinter seinem Schreibtisch, knabbert an der Mohrrübe, die er als gesunde Zwischenmahlzeit immer dabei hat, und atmet die verbrauchte Büroluft ein«, zwitscherte der Kommissar vergnügt und biss herzhaft in ein Wurstbrot.

In die idyllische Szene hinein klingelte plötzlich Doningers Handy.

»Gut, dass wir kein Netz haben«, meinte der Kommissar seelenruhig. »Jedenfalls so lange nicht, bis wir in Ruhe zu Ende gespeist haben.«

Simone Mertens grinste ihren Chef an. In diesem Augenblick konnte sie ihn noch mehr leiden. Nicht nur wegen des tollen Frühstücks an der frischen Luft!

14

Nach Auswertung aller Funde und Fotos stand fest, die Nadel im Heuhaufen war gefunden! Der Tathergang ließ sich mit ziemlicher Sicherheit rekonstruieren:

Demnach war das Mädchen am Rand des Platzes vor dem ehemaligen Kurhaus Sand nach einem Handgemenge zu Tode gekommen. Dabei hatte es der Täter, vermutlich infolge eines Wutanfalls, gewürgt und weggestoßen. Das Opfer fiel rückwärts, schlug mit dem Hinterkopf auf einem Steinblock auf und brach sich das Genick. Mit einem ölverschmierten Lappen aus dem Auto versuchte der Täter, das Blut wegzuwischen, was nur unzureichend gelang, wie die Ermittlungen ergaben.

Was nicht zweifelsfrei geklärt werden konnte, war der Auslöser für das Handgemenge. Hier könnte die Tourette-Erkrankung des Mädchens eine Rolle gespielt haben. Möglicherweise hatte sich der Täter, vielleicht ein Choleriker, durch einige obszöne Ausdrücke, in

Unkenntnis dieser Krankheitssymptome, provoziert gefühlt. Ein vorsätzlicher Mord wäre in diesem Fall auszuschließen. Man müsste eher von einem tätlichen Angriff mit Todesfolge ausgehen. Aber das zu entscheiden, bliebe in einer Verhandlung den Gerichten und den Richtern vorbehalten.

Jedenfalls hatte der Täter die Tote, aus welchen Gründen auch immer, zum Sandsee transportiert und dort unter einem Reisighaufen versteckt.

Die intensive Spurensuche war letztendlich doch noch erfolgreich gewesen. Nach Auswertung der Fotos konnte der Beweis erbracht werden, dass sowohl am Tatort als auch am Fundort Reifenabdrücke gefunden wurden, die ein und demselben Fahrzeug zugeordnet werden konnten. Nach übereinstimmender Ansicht der Fachleute musste es sich um einen Lieferwagen, einen Kleintransporter, handeln.

Inzwischen stand fest, dass die Spur nach Iserlohn ins Leere gelaufen war. Kriminalrat Schaumann hatte telefonisch mitgeteilt, dass der DNA-Abgleich nicht identisch war. Der Herrenwieser Camper hatte mit der Tat nichts zu tun.

»Es wäre auch zu schön gewesen, um wahr zu sein!«, rief Simone Mertens.

»Jetzt wissen wir wenigstens, in welche Richtung die weitere Suche geht«, stellte Hauptkommissar Doninger fest. »Wir müssen dieses Fahrzeug finden, und vor allem den dazugehörigen Fahrer.«

»Noch eine Nadel im Heuhaufen«, seufzte Simone Mertens.

»So ist es, verehrte Kollegin«, bestätigte Doninger. »Es gibt ja zum Glück nur wenige derartige Fahrzeuge.«

Die Kommissarin lachte. Ihr Chef schien sich mit dieser Feststellung selbst Mut machen zu wollen. Jedenfalls sprach sein Gesichtsausdruck Bände. In Wirklichkeit war klar, dass sie durch weitere Nachforschungen den Kreis der in Frage kommenden Lieferwagen einschränken mussten, bis am Schluss nur einer übrig blieb: der des Täters!

»Machen wir uns an die Arbeit!«, rief der Kommissar. »Im Nadeln-Aufspüren sind wir ein unschlagbares Team. Nicht wahr, Frau Mertens?«

»Wenn Sie das sagen, wird es so sein«, meinte die Kollegin und lächelte.

Insgeheim freute sie sich über das indirekte Lob ihres Chefs. Seit sie aus Köln nach Baden-Baden gekommen war, machte ihr der Beruf wieder richtig Spaß. Hier wurde ihre Arbeit anerkannt, und was wichtiger war, auch ihre Person. Keine Spur von Mobbing oder sexueller Belästigung. Sie mochte lieber nicht daran denken. Zum Glück war diese Zeit vorbei.

»Also, beschäftigen wir uns mit den Punkten 3 und 4 unserer Liste«, sagte Doninger.

»Soll heißen: Wir suchen mögliche Zeugen durch Befragung und mit Hilfe eines Aufrufs in den Medien«, erklärte Simone Mertens.

Dabei hatte das Ermittlerteam den Vorteil, dass es die weitere Suche gezielt vorantreiben konnte. Die erste Frage hieß: Wer hat an dem fraglichen Tag vor dem früheren Kurhaus, am Sandsee oder auf der Strecke dorthin einen Lieferwagen gesehen? Und wichtiger war die zweite Frage: Wer hat etwas Auffälliges dabei beobachtet?

Die Befragung der Personen in der Umgebung des Tat- und des Fundorts wollten die Kommissare selbst übernehmen. Den Aufruf in den Medien könnte der Kriminalrat in Rastatt in die Wege leiten, war ihre Überlegung. In einer Pressekonferenz sollte er den Medienvertretern den bisherigen Sachverhalt darlegen und sie anschließend um Hilfe bei der Suche nach dem Lieferwagen bitten. Sie wussten, Schaumann liebte solche Auftritte! Entsprechende Berichte in den Zeitungen der Umgebung und ein Hinweis im Radio könnten den entscheidenden Tipp in der Sache bringen.

»Ich werde nach Rastatt fahren und mit dem Kriminalrat das geplante Vorgehen absprechen«, schlug der Kommissar vor. »Sie bereiten Frau Ams darauf vor, was an Arbeit auf sie zukommt. Sie muss die eingehenden Hinweise entgegennehmen und koordinieren. Und tüchtig ist sie ja, unsere Frau Ams.«

»Habe ich was verpasst?«, fragte Simone Mertens schelmisch. »Ist heute Welttag der Komplimente?«

»Wer weiß«, antwortete Doninger und grinste dabei, »es gibt Schlimmeres.«

Da wollte die Kommissarin nicht widersprechen.

Kriminalrat Schaumann war von Doningers Idee angetan. Die Medien in die Ermittlungsarbeit zu integrieren, gehörte zu seinen Spezialitäten. Das hatte er in vielen Fällen bewiesen. Es ärgerte ihn gewaltig, dass die verdächtige Person aus Iserlohn nicht der gesuchte Täter war. Zu dumm, dass der DNA-Abgleich nicht mit den DNA-Spuren übereinstimmte, die sie beim toten Mädchen gefunden hatten. Wie gern hätte er bei den Baden-Badener Kollegen mit einem Erfolg geglänzt. Doch nun konnte er sich im Umgang mit den Medienvertretern neue Meriten verdienen.

»Aber Sie müssen unbedingt dabei sein, lieber Kollege«, meinte der Kriminalrat am Ende der Beratung.

Doninger wollte gerade einen Versuch starten, den Vorgesetzten umzustimmen, als dieser hinzufügte:

»Nicht dass ich das nicht alleine schaffen würde, lieber Doninger, aber es könnten Nachfragen kommen, und da brauche ich Ihre Hilfe. Sie kennen sich aus!«

Gegen dieses Argument war kein Kraut gewachsen. Das war dem Kommissar klar. Also sagte er ohne weitere Gegenwehr zu. Seine Kollegin würde auch ohne ihn mit den Befragungen beginnen können. Da konnte er ihr voll vertrauen. Und was das psychologische Geschick betraf, war sie sowieso einsame Spitze.

»Vielleicht ist heute doch der Welttag für Komplimente«, sagte er laut vor sich hin, als er aus Schaumanns Büro hinausging.

15

Die Liste der Adressen, die Simone Mertens an diesem Morgen zwecks Befragung abarbeiten musste, war überschaubar. Bewohnte Häuser gab es im unmittelbar betroffenen Gebiet keine. Der Fundort der Leiche lag im Waldgebiet am Sandsee. Die nächsten Wohngebäude standen erst in Herrenwies. In der Nähe des Tatorts waren nur leer stehende Gebäude zu finden: das ehemalige Kurhaus, die frühere Poststelle mit den drei leeren Garagen für die Busse und die verwaiste Polizeistation. Auch von der Tankstelle waren nur noch Ruinen vorhanden. Lediglich die Bergwaldhütte weiter hinten in Richtung Badener Höhe war bewirtschaftet. Dort wollte die Kommissarin mit der Befragung beginnen. Die Wirtsleute kannte sie bereits.

Simone Mertens war es fast peinlich, dass sie nach so kurzer Zeit bereits zum dritten Mal klingeln musste, denn das Lokal öffnete erst um die Mittagszeit.

»Aha! Die Kommissarin hat mal wieder Kaffeedurst«,

sagte der Wirt, als er die junge Frau vor der Tür stehen sah.

Simone Mertens spürte, wie eine leichte Röte über ihr Gesicht huschte. Jetzt nur nicht stottern, ging es ihr durch den Kopf. Aber sie hatte sich schnell im Griff. Die inzwischen gewonnene Routine machte sich bemerkbar.

»Ausnahmsweise mal nicht«, sagte sie und lächelte den Wirt entwaffnend an. »Wir suchen im Fall der am Sandsee gefundenen Mädchenleiche einen Kleintransporter, so eine Art Kastenwagen. Haben Sie, Ihre Gattin oder sonst eine Person aus dem Haus in der fraglichen Zeit ein solches Gefährt in der Gegend gesehen?«

»Eine einfache Frage, eine schwierige Antwort«, meinte der Wirt und kratzte sich am Kopf. »Lieferwagen tauchen hier ab und zu auf. Wir haben ja einen Wirtschaftsbetrieb. Da wird Ware angeliefert, Leergut abgeholt. Aber am fraglichen Tag? Da muss ich nachschauen.«

»Tut mir leid«, seufzte er, als er zurückkam, »am Tag, den Sie mir nannten, hatten wir keine Lieferung.«

»Aber einen Kaffee kann ich Ihnen liefern«, rief die Wirtin, als sie den Gastraum betrat und eine Tasse mit dem herrlich duftenden Getränk vor der Kommissarin abstellte.

»Eine kleine Entschädigung dafür, dass wir Ihnen in der Sache nicht weiterhelfen können«, meinte sie fast entschuldigend.

»Vielleicht haben Sie im Mehliskopf-Pavillon mehr Glück«, sagte ihr Mann, »dort ist der Lieferbetrieb umfangreicher.«

Aber auch dort musste die Kommissarin erfahren, dass am nämlichen Tag weder Waren geliefert noch abgeholt worden waren. Auch im Gasthaus ›Waldesruh‹ in Herrenwies Fehlanzeige, und die Dobelbachhütte beim Langlauf-Center hatte um diese Jahreszeit geschlossen. Es blieben nur der Campingplatz und die Jugendherberge übrig.

Das Glück schien Simone Mertens heute nicht gepachtet zu haben. Es stellte sich heraus, dass die wenigen Gastronomie- und Beherbergungsbetriebe ihre festen Liefertage hatten. Der angenommene Todestag des Mädchens war nicht darunter.

»Entweder hat sich Doktor Seifert geirrt«, sagte die Kommissarin zu sich selbst, »oder es handelt sich um einen Lieferwagen, der nur auf der Durchfahrt war.«

Dann muss uns Kommissar Zufall helfen, ging es ihr durch den Kopf. Ihr Chef sagte das immer dann, wenn er nicht mehr weiterwusste. Oder sollte sie den Jäger Alois Schlegel fragen? Er war die einzige Privatperson, die ihr aus Herrenwies bekannt war. Er hatte Doninger und ihr einen entscheidenden Tipp im Mordfall mit dem Knaben im Moor gegeben. Der Jäger war Stammgast im ›Waldesruh‹, wo sie ihn damals getroffen hatten. Dort konnte sie bestimmt seine Adresse erfahren. Simone Mertens wusste, wenn sich einer in der Gegend auskannte, war das Alois Schlegel. Er hatte seine Augen und Ohren überall, war Stammtischkunde im Herrenwieser Gasthaus, und des Öfteren auch in der ›Hochkopfstube‹ auf Unterstmatt anzutreffen. An Stammtischen wurde viel geredet. Vielleicht hatte er etwas gehört oder gesehen?

»Fragen kostet nichts«, sagte sich Simone Mertens und steuerte auf das Häuschen zu, in dem der Jäger wohnte. Die Adresse hatte sie bereitwillig bekommen. Der Wirt vom ›Waldesruh‹ wusste noch, dass die Kommissarin und ihr Chef im Sommer draußen im Biergarten gesessen und sich mit Alois Schlegel unterhalten hatten.

»Das verschlägt einem die Sprache«, stotterte Alois Schlegel, als die Baden-Badener Kommissarin plötzlich vor seiner Tür stand.

»Das will ich nicht hoffen«, meinte diese, »ich brauche nämlich Ihre Hilfe, lieber Herr Schlegel!«

Da war sie wieder, diese psychologische Ader, die Simone Mertens hatte und die ihr wie ein Dietrich Türen öffnete, die sonst verschlossen blieben. Der Jäger war nämlich Fremden gegenüber ziemlich zugeknöpft. Aber die Kommissarin hatte er von ihrer ersten Begegnung her in guter Erinnerung. Auch ein paar Gläser Freibier waren damals für ihn herausgesprungen. Und jetzt wieder dieses »lieber Herr Schlegel«! Da musste er doch helfen!

Die Kommissarin schilderte ihr Anliegen. Sie erzählte vom Fund der Mädchenleiche am Sandsee, was der Jäger natürlich wusste, und schließlich von ihrer bisher ergebnislosen Suche nach dem Lieferwagen, den sie als Täterfahrzeug vermuteten.

»Ich zähle auf Sie, lieber Herr Schlegel«, flötete sie wieder, »Sie kennen sich hier aus.«

Der Jäger kratzte sich nachdenklich am Kopf. Er wollte der jungen Frau unbedingt helfen. Da war er sich sicher. Sie zählte auf ihn. Aber wie? Es war ihm anzusehen, dass er angestrengt nachdachte.

»Sie müssen wissen, junge Frau«, sagte er nach einer Weile und atmete tief durch, »ich stehe in Herrenwies nicht den ganzen Tag über an der Straße und schaue nach den Autos, die durchfahren.«

Er blickte die Kommissarin etwas hilflos an.

»Uns interessieren nur die Lieferwagen«, säuselte Simone Mertens, »bitte denken Sie nach. Ich baue auf Sie, lieber Herr Schlegel.«

Dabei legte sie ihre rechte Hand auf seinen linken Unterarm und blickte ihn flehend an.

»Sie sind meine einzige Hoffnung«, säuselte sie weiter.

»Einen Lieferwagen suchen Sie?«, sagte er nach neuerlichem Grübeln. »Könnte es sich um einen Kastenwagen handeln, wie er bei den Sperrmüll-Touristen aus den osteuropäischen Ländern üblich ist?«

»Durchaus möglich«, meinte die Kommissarin. »Was ist mit denen?«

»Na, von denen fahren genügend durch, fast jeden Tag«, erklärte Alois Schlegel. »Dass ich nicht gleich darauf gekommen bin!«

Er holte tief Luft und meinte: »Wissen Sie, die haben irgendwo im Murgtal ein Sammellager. Von dort werden die Sachen, die sie im Ortenaukreis und aus anderen Gebieten am Oberrhein aus dem Sperrmüll ausgelesen haben, nach Osteuropa transportiert und dort verkauft. Jedenfalls habe ich am Stammtisch davon gehört.«

»Klingt interessant«, sagte Simone Mertens. »Wir werden in dieser Richtung ermitteln, lieber Herr Schlegel.«

Die Kommissarin bedankte sich und ließ einen hoffnungsvoll dreinblickenden Jäger zurück. Beim Abschied hatte sie ihm nämlich einen Kasten Bier versprochen, wenn sein Hinweis zum Erfolg führen würde. Sie wusste, dass Bier Schlegels Lieblingsgetränk war. Und Freibier von der Polizei bekam man schließlich nicht alle Tage.

16

»Soso, der Alois Schlegel! Will er sich mal wieder ein Bier verdienen, der Schwerenöter!«, meinte Hauptkommissar Doninger und lachte dabei, als ihm Simone Mertens von der Begegnung mit dem Jäger erzählte.

»Passen Sie bei dem auf«, fügte er hinzu, »der beherrscht auch das Jägerlatein aus dem Effeff!«

»Aber der Hinweis auf den Sperrmülltourismus aus Osteuropa klingt nicht nach Jägerlatein. Diese Sammler sind tatsächlich mit ihren Kastenwagen in dieser Gegend unterwegs«, wandte die Kommissarin ein.

»Das wäre der Hammer, wenn der Schlegel mit seinem Tipp richtigläge«, sagte Doninger, »dann wäre auch ein Freibier von mir fällig!«

»Es ist schon frappierend, wie es Ihnen gelingt, diesen Kauz zum Reden zu bringen«, meinte er nach einer Weile. »Haben Sie ihm wieder die Hand aufgelegt und ihn mit Ihrem säuselnden ›Lieber Herr Schlegel‹ bezirzt?«

»Ein völlig legales Mittel!«, behauptete Simone Mertens.

»Ohne Frage!«, bestätigte der Kommissar. »Ich sag's ja immer, Sie würden auch als Psychologin eine gute Figur machen.«

»Diesen Job überlasse ich lieber unserer Kiesewetter«, sagte die Kommissarin. »Die schafft sich mit ihrem Händedruck nachhaltigen Erfolg.«

Dann kamen Doninger und seine Kollegin auf die Pressekonferenz in Rastatt zu sprechen. Natürlich war Kriminalrat Schaumann wieder in seinem Element gewesen. Den Umgang mit den Medienvertretern beherrschte er wie kein anderer. Das musste Doninger neidlos anerkennen.

»Den hätten Sie mal sehen sollen! Wie der auftrat, kaum zu fassen«, berichtete der Kommissar. »Er ist schon der richtige Mann auf diesem Posten.«

»Eine gute Zusammenarbeit mit den Medien ist in unserem Metier nicht unwichtig«, pflichtete ihm die Kollegin bei.

»Hoffen wir, dass die Berichte darüber uns in unseren Ermittlungen ein gehöriges Stück weiterbringen«, seufzte Doninger.

»Bald wird es rauschen im Blätterwald«, flötete die Kommissarin und fügte reimend hinzu: »Der erste Tipp, der folgt alsbald.«

»Sieh mal einer an«, meinte ihr Kollege anerkennend, »das reimt sich sogar.«

Und wie es im Blätterwald rauschte! Alle regionalen Zeitungen in der Gegend berichteten in großer Aufmachung über die Geschehnisse am Sandsee. Auch die Radiosender in der Region brachten die Meldung in den Nachrichten. Alle Medien riefen die Bevölkerung zur Mithilfe bei der Aufklärung der Tat auf. Insbesondere wurde nach einem Lieferwagen oder Kastenwagen gesucht, der in der fraglichen Zeit jemandem aufgefallen sein könnte.

Zur genauen Lokalisierung wurde in allen Blättern ein Kartenausschnitt mit der L 83 von Herrenwies bis zur Einmündung in die B 500 beim Kurhaus Sand abgedruckt. Darauf waren die Abzweigung des Weges zum Sandsee und der mutmaßliche Tatort vor dem früheren Postgebäude auf Sand gekennzeichnet. Die Frage dazu lautete: Wem ist in diesem Bereich in der fraglichen Zeit ein Liefer- oder Kastenwagen aufgefallen?

Auch Melanie Ams war inzwischen nicht untätig gewesen. Sie hatte auf Anweisung des Hauptkommissars von allen Gaststätten, Beherbergungsbetrieben und Zulieferfirmen im Umkreis des Tatorts Listen angefordert, auf denen sämtliche Liefer- und Kastenwagen aufgeführt sein mussten, die in der infrage kommenden Zeit rund um den Sandsee unterwegs waren. Man wollte keine Möglichkeit auslassen, das Täterfahrzeug ausfindig zu machen.

»Wir sind auf Kommissar Zufall angewiesen und müssen hoffen, dass irgendein brauchbarer Hinweis eingeht, der uns zur Lösung führt oder uns zumindestens weiterhilft«, sagte der Kommissar.

»Wenn wir den Wagen finden, haben wir auch unseren Täter«, überlegte Simone Mertens laut.

»Hoffen wir's«, brummte Doninger.

»Auf Frau Ams ist Verlass«, rief die Kommissarin. »Sie wird uns etwas Brauchbares servieren, da bin ich mir sicher.«

»Haben Sie das gehört?«, posaunte Doninger und schaute die Sekretärin herausfordernd an. »Sie müssen liefern! Wir bauen auf Sie.«

»Jaja, immer auf die Kleinen«, meinte Melanie Ams und tat entrüstet.

»Wenn's klappt, können Sie groß rauskommen, liebe Frau Ams«, rief der Kommissar.

»Lieber nicht«, antwortete die Sekretärin lachend, »meine jetzige Konfektionsgröße reicht mir vollkommen.«

Auf der Heimfahrt ins Laufbachtal beschloss Doninger, seinen Weinkeller aufzufüllen. Es war Herbst. Zeit für eine neue Traubenlese. Einige Fässer mussten für den neuen Jahrgang leer werden. Und da er gerne ein Viertele trank, konnte die Winzergenossenschaft auf seine Mithilfe zählen, zumal das Regal in seinem Keller erhebliche Lücken aufwies.

Also steuerte er zunächst von Steinbach her kommend kurz vor Bühl die Affentaler Kellerei an. Der »Affentaler Spätburgunder Rotwein« zählte zu seinen bevorzugten Weinen. Ein harmonischer Feierabendtrank, wie Doninger ihn nannte. Ein paar Flaschen Rosé mussten es auch sein. Den trank seine Frau gern. Und noch eine Kiste »Eisentaler Betschgräbler Riesling«, zu einem feinen Essen ein Gedicht!

Da im Kofferraum noch Platz war, machte der Kommissar auf der Heimfahrt einen kleinen Umweg und stattete der Winzergenossenschaft in Sasbachwalden einen Besuch ab. Ein paar Flaschen »Alde Gott Spätburgunder Rotwein« für besondere Anlässe durften in Doningers Keller nie fehlen! Und an solchen Anlässen mangelte es im Hause Doninger nicht, gastfreundlich, wie sie waren. Gabi Doninger, die Ehefrau des Kommissars, liebte besonders den spritzigen Rosé-Sekt. Also mussten davon ein paar Flaschen mit.

Eine Spezialität der Kellerei war ein Eierlikör, mit Kirschwasser verfeinert. Besonders bei weiblichen Gästen in Doningers Haus kam der gut an.

Auf eine ausgiebige Weinprobe musste der Kommissar an diesem Tag leider verzichten. Schließlich wollte er sein Auto heil nach Hause steuern. Es wäre ein Jammer, wenn er samt seiner wertvollen Fracht im Straßengraben landen würde.

»Vorsicht ist die Mutter der Porzellankiste«, trällerte er vor sich hin und freute sich auf einen guten Schluck daheim.

17

Die Resonanz auf die Medienaktion war überwältigend.
Melanie Ams hatte alle Hände voll zu tun, die eingehenden Meldungen je nach Art des Eingangs anzunehmen, aufzuschreiben oder auszudrucken. Die Zeiten,
in denen sie lediglich einige Telefonanrufe entgegennehmen musste, waren längst vorbei. Heute kamen die
Beobachtungen möglicher Zeugen auch per Fax, Mail,
SMS oder sonst möglicher moderner Übertragungs-
techniken bei ihr an.

Allerdings erwies sich der technische Fortschritt in
manchen Fällen als wenig hilfreich. Da waren Spaßvö-
gel am Werk, die sich anonym einen Jux daraus machten, die ermittelnden Beamten auf eine falsche Fährte
zu führen. Gelegentlich sorgten solche »Späße« kurz-
fristig für Erheiterung. Aber meistens hielten sie unnö-
tig auf.

Auch dieses Mal waren solche Schnapsideen dabei. Da
war von einem UFO die Rede, das ein Scherzkeks am

Tatort gesehen haben wollte. Ein anderer berichtete von einem Wolf, der dort umhergeschlichen sei.

»Vielleicht hat er das Rotkäppchen gesucht«, meinte die Sekretärin, als sie diesen Tipp aus dem Märchenland aussortierte.

Einer wollte einen roten Golf gesehen haben, ein anderer einen blauen Opel. Auch ein Postauto, ein Taxi, ein Möbelwagen, ein Autotransporter und sogar ein Polizeiauto wurden beobachtet. Lauter vage Angaben ohne hilfreiche Beschreibungen!

»Fehlt nur noch das Papamobil mit dem Papst darin«, brummte Hauptkommissar Doninger, als er die Meldungen durchblätterte.

»Mit dem Papst kann ich leider nicht dienen«, seufzte die Sekretärin, »aber einige Schauspieler, Comedians und Schlagerstars wurden dort anscheinend gesehen.«

»Und Winnetou mitsamt Old Shatterhand«, polterte Doninger los, der das bisherige Angebot gar nicht mehr lustig fand.

»Ist auch etwas Gescheites dabei?«, wollte er wissen.

»Da scheint es eine vielversprechende Spur zu geben«, sagte die Kommissarin, die sich schon eine Weile mit den eingegangenen Beobachtungen beschäftigte.

»Lassen Sie hören!«, rief Doninger hoffnungsvoll.

Simone Mertens konnte von zwei Leuten berichten, die unabhängig voneinander zur fraglichen Zeit am Tatort einen älteren weißen Kastenwagen gesehen haben wollten. Einer von ihnen gab an, der Wagen hätte ein polnisches Kennzeichen gehabt.

»Und jetzt kommt das Entscheidende, weswegen ich von einer vielversprechenden Spur sprach«, meinte die Kommissarin, »ein weiterer Autofahrer, der in Richtung Herrenwies fuhr, hat etwas später einen weißen Kastenwagen beim Sandsee aus dem Wald kommen sehen, der auf die Straße in Richtung Sand einbog. Auch dieser Zeuge will ein fremdes Autokennzeichen gesehen haben.«

»Dieser Fährte gehen wir nach«, entschied der Kommissar. »Vielleicht haben wir Glück!«

»Soll ich die Leute ins Kommissariat einbestellen?«, fragte Melanie Ams. »Sie wohnen zufällig alle im näheren Umkreis.«

»Die Adressen genügen mir«, antwortete Doninger, »wir werden ein paar Hausbesuche machen. Kommen Sie, Frau Mertens.«

Hauptkommissar Doninger hatte in seiner langen Dienstzeit die Erfahrung gemacht, dass eine Zeugenbefragung im privaten Umfeld ergiebiger war als im fremden Dienstzimmer eines Kommissariats oder einer Polizeidienststelle. Vielleicht lag es daran, dass die Leute in ihrer gewohnten Umgebung weniger Lampenfieber hatten, was ihr Erinnerungsvermögen positiv beeinflusste.

Wenn er dagegen einen Verdächtigen vernehmen wollte, ging der Kriminalbeamte anders vor. Beim Verhör in dienstlichen Räumen fühlte sich ein möglicher

Täter oft unsicher und verstrickte sich leichter in Widersprüche. Doninger wusste, dass nicht alle Berufskollegen seine Meinung teilten. Aber das störte ihn nicht. Er handelte nach seinem Gespür und war damit bisher gut gefahren.

Der erste Zeuge wohnte in Bühlertal. Doninger kannte sich dort aus. Schon als Kind war er ab und zu in der Schwarzwaldgemeinde gewesen, wenn seine Familie Onkel Herbert besuchte. Im Herbst gab es in seinem Haus immer einen gemütlichen Abend, an dem gekochte Kastanien auf den Tisch kamen, »Keschde«, wie sie bei den Einheimischen im Badischen und in der Pfalz heißen.

Für die Erwachsenen gab es dazu den ersten neuen Wein. Die Kinder bekamen den unvergorenen Saft zum Trinken, den man beim Trotten abgefüllt und sterilisiert hatte.

Auch Simone Mertens war nicht zum ersten Mal in der »Toskana des Landkreises Rastatt«, wie die Gegend wegen der landschaftlichen Vielfalt im Prospekt angepriesen wurde. Sie hatte hier in ihrem ersten Kriminalfall, kurz nachdem sie von Köln nach Baden-Baden gekommen war, ermittelt.

Die Adresse führte Doninger und Simone Mertens in den Ortsteil Untertal. Sie läuteten am Eingang zu einem Zweifamilienhaus bei Holger Kimmich, einem Versicherungsvertreter, wie sie auf einem Schild daneben lesen konnten. Sie hatten Glück. Der Mann war zu Hause.

Er berichtete, dass er an dem Tag im Murgtal drei Kunden besucht und sich auf dem Heimweg befunden habe. Auf dem Sand war ihm ein weißer Kastenwagen aufgefallen. Er stand in der Kurve direkt am Straßenrand, obwohl der gesamte Platz vor dem ehemaligen Kurhaus frei war. Die Fahrertür stand offen, vom Fahrer nichts zu sehen.

»›Dem hat's aber pressiert‹, sagte ich zu mir, in der Annahme, dass er in irgendeiner Ecke pinkeln war.«

»Nichts gesehen, nichts gehört?«, fragte die Kommissarin nach.

»Wie auch?«, fragte Herr Kimmich zurück. »Ich hatte laute Musik laufen, und wenn der alte Kasten nicht direkt in der Kurve gestanden wäre, hätte ich ihn womöglich nicht einmal wahrgenommen.«

»Wahrscheinlich habe ich Ihnen wenig helfen können«, bemerkte der Versicherungsvertreter fast entschuldigend, als sich die Beamten verabschiedeten.

»Es war richtig, dass Sie uns Ihre Beobachtung gemeldet haben«, beruhigte ihn der Kommissar. »In den meisten Fällen fügt sich ein Mosaikstein an den anderen. Bis wir ein fertiges Bild haben, kann jedes Steinchen wichtig sein. Auch Ihres. Glauben Sie mir!«

Und das meinte Doninger auch so, wie er es sagte. Denn wenn sich nur ein Zeuge gemeldet hätte, der in der fraglichen Zeit einen Kastenwagen in dem Bereich gesehen hätte, wäre der Hinweis erst einmal in der Rubrik ›unter ferner liefen‹ abgelegt worden. So aber kam dieses Fahrzeug in drei Meldungen vor, was auffällig war. Und dieser Spur gingen die Kommissare nach.

In der Großen Kreisstadt Bühl, der Heimat der Bühler Frühzwetschge, war der zweite Zeuge zu Hause. Genauer gesagt, es war ein Ehepaar, das die Beobachtung gemeldet hatte, Rainer und Rosita Fink. Frau Fink erzählte den Beamten, dass sie an diesem Tag ihre Mutter in Forbach im Murgtal besucht hätten und über die L 83 zurückgefahren seien. Auf dem Sand war ein Lieferwagen unmittelbar vor ihnen vom Parkplatz auf die Straße geschossen und in Richtung Herrenwies davongebraust.

»Der hätte uns um ein Haar gerammt«, rief ihr Mann, »dieser Armleuchter!«

»Ist Ihnen am Auto etwas aufgefallen?«, wollte die Kommissarin wissen.

»Ich hatte genug damit zu tun, einen Unfall zu vermeiden«, schnaubte Herr Fink. »Da blieb keine Zeit, den Karren auch noch zu begutachten.«

Es war ihm anzumerken, dass die Wut in ihm hochkochte.

»Ich habe mich auf dem Beifahrersitz rasch umgedreht und versucht, das Nummernschild zu lesen«, sagte Frau Fink, »aber der Wagen verschwand zu schnell.«

»Die Straße macht dort eine scharfe Rechtskurve«, fügte sie erklärend hinzu. »Aber ich habe am Heck das

Länderkennzeichen ›PL‹ gesehen, wie es die Autos früher hatten.«

»Das ist doch mal ein verheißungsvoller Auftakt!«, sagte Simone Mertens, als sie auf dem Weg zur dritten Adresse waren.

»Ralf und Julia Holbein«, las die Kommissarin vor und meinte mit einem leichten Grinsen:

»Vielleicht sind das Nachfahren aus der Künstlerfamilie Holbein?«

»Ralf Holbein der Spätere«, rief Doninger und lachte los, »das wär ein Ding! Aber diese berühmten Maler lebten in der Renaissance vor rund 500 Jahren.«

»Unsere Holbeins wohnen in Rheinmünster, und zwar im Ortsteil Greffern«, erklärte Simone Mertens. »Sie wissen, wo das ist?«

»Meinen Sie das im Ernst?«, fragte der Kommissar leicht irritiert. »Ich bin in dieser Gegend groß geworden. Haben Sie das vergessen?«

»Sollte nur ein Scherz sein«, antwortete die Kollegin und fügte hinzu: »Wir sind ja vor einiger Zeit zusammen durch Greffern gefahren, als wir von Drusenheim her mit der Fähre über den Rhein übergesetzt sind.«

Als sie durch Schwarzach mit dem berühmten Münster fuhren, betätigte sich Robert Doninger wieder einmal als perfekter Reiseführer. Er erklärte der Kollegin, dass diese weithin bekannte romanische Kirche St. Peter und Paul bis zur Säkularisation im Jahr 1803 zu einer der ältesten Benediktinerabteien im Oberrheingebiet gehört habe.

»Seit 1969 werden hier jedes Jahr die Schwarzacher Münsterkonzerte veranstaltet«, beschloss er seinen Ausflug in die Geschichte.

»Und woher der Name Rheinmünster?« Simone Mertens zeigte sich interessiert.

»Den Namen gibt es seit der Kreisreform in Baden-Württemberg Anfang der 70er-Jahre«, erklärte ihr Kollege. »1974 wurden die Orte Greffern, Hildmannsfeld, Schwarzach, Söllingen und Stollhofen zu einer neuen politischen Gemeinde zusammengelegt. Diese bekam den Namen Rheinmünster.«

»Passt eigentlich ganz gut«, überlegte die Kommissarin, »ein Münster ist hier und der Rhein ganz in der Nähe.«

»Und Greffern, wo wir inzwischen angelangt sind, grenzt tatsächlich an den Rhein«, sagte Doninger. »Mal sehen, was uns die Familie Holbein zu bieten hat.«

18

Als Hauptkommissar Doninger und seine Kollegin das Anwesen der Holbeins betraten, kamen sie aus dem Staunen nicht heraus. Der Garten vor dem schmucken Fachwerkhaus glich einem Freilichtmuseum in Kleinformat. Was es da alles zu sehen gab: Eine Windmühle, einen Leuchtturm, eine bepflanzte Wand aus Natursteinen mit einem Wasserfall, der in einen See plätscherte, am Ufer ein Ruderboot, das als Pflanzkübel diente, ein Blumenbeet mit einem Anker in der Mitte und, und, und …

»Ein richtiges Paradies!« Simone Mertens war hin und weg.

»Unser Hobby«, erklärte Julia Holbein, als sie aus dem Haus trat.

Sie war es inzwischen gewohnt, dass Leute stehen blieben und ihren Garten bewunderten. Aber sie sah es nicht so gern, wenn fremde Menschen ohne Anmeldung darin umherstolzierten.

»Ralf, mein Mann, und ich haben alles selbst gebaut

und angelegt«, sagte sie stolz und meinte fast entschuldigend: »Wir freuen uns, wenn der Garten anderen gefällt, aber das Gelände ist Privatbesitz.«

»Den wollen wir Ihnen auch nicht streitig machen.« Der Kommissar konnte die gute Frau beruhigen und stellte sich und seine Kollegin vor.

»Wir kommen wegen Ihrer Zeugenaussage im Zusammenhang mit der Mädchenleiche vom Sandsee«, sagte er.

Frau Holbein bat sie ins Haus, wo sie ihren Mann antrafen. Er war gerade damit beschäftigt, ein Häuschen in Form eines Pilzes anzumalen.

»Ein neues Stück für den Garten?«, fragte die Kommissarin nach der Begrüßung.

»Genau. Das Pilzhaus kommt unter die große Tanne, macht sich bestimmt gut dort«, bestätigte Ralf Holbein.

»Eine sinnvolle Beschäftigung«, meinte Simone Mertens anerkennend.

»Und dazu eine, die Freude macht«, ergänzte Herr Holbein.

»Als Rentner hat er Zeit dafür«, erklärte seine Frau. »Wissen Sie, früher arbeitete er beim Finanzamt in Bühl.«

»Ja, da geht's nicht immer lustig zu«, meinte der Kommissar. »Genauso wenig wie bei der Kriminalpolizei.«

Damit waren sie beim Grund ihres Erscheinens angelangt. Die Holbeins hatten am fraglichen Tag auf ihrer Fahrt nach Herrenwies eine Beobachtung gemacht, die sie nach dem Bericht in den Medien gemeldet hatten.

»Wir haben uns gewundert, dass so spät am Abend ein Kastenwagen vom Sandsee her aus dem Wald herausfuhr«, sagte Ralf Holbein. »Der Wagen fuhr in Richtung Sand weiter. Er hatte kein deutsches Nummernschild.«

»Genau!«, rief seine Frau. »Was hat ein Ortsunkundiger um diese Zeit am Sandsee zu suchen, fragte ich mich. Der Weg ist dort nicht ausgeschildert.«

»Haben Sie das Nummernschild erkannt?«, fragte der Kommissar hoffnungsvoll.

»Nicht so richtig«, antwortete Julia Holbein, »es ging alles so schnell. Und zudem war es fast dunkel.«

»Der erste Buchstabe war ein ›G‹, da bin ich mir sicher«, erinnerte sich ihr Mann. »Aber dann war der Karren schon abgebogen.«

»Und hinten an der linken Hecktür war ein weißes, ovales Schild mit einem schwarzen ›PL‹«, sagte seine Frau. »Das fiel mir auf, als ich mich umdrehte und dem Auto nachsah.«

»Ein weiteres Mosaiksteinchen«, meinte Simone Mertens, als sie im Auto saßen, »das Bild nimmt Konturen an.«

»Die Medienaktion war also nicht umsonst«, sagte ihr Kollege und fasste das bisherige Ergebnis zusammen: »Wir haben einen verdächtigen weißen Kastenwagen mit ausländischem Kennzeichen. Zwei Zeugen haben am Heck ein Schild mit den Buchstaben ›PL‹ erkannt, das Länderkennzeichen für Polen.«

»Und ein Zeuge ist sich sicher, dass der erste Buchstabe auf dem Nummernschild ein ›G‹ war«, spann die Kommissarin den Faden weiter. »Wir prüfen nach, welche Gegend das in Polen ist. Vielleicht können uns die Kollegen dort weiterhelfen.«

»Sie haben doch so ein gescheites Gerät bei sich«, brummte Doninger, »bestimmt kann es uns sagen, welche Nummernschilder in Polen mit einem ›G‹ anfangen.«

Simone Mertens schlug sich mit der Hand an den Kopf. Dass sie nicht gleich darauf gekommen war, ärgerte sie beinahe. Ihr Smartphone hatte Internet. Da konnte sie nachschauen. Sie hatte Erfolg. Das »gescheite Gerät«, wie es ihr Chef nannte, gab die gewünschte Auskunft.

»Also«, begann die Kommissarin ihren Vortrag, »mein ›gescheites Gerät‹ sagt mir: Das ›G‹ steht für die Wojewodschaft Pomorskie, auf Deutsch den Verwaltungsbezirk Pommern. Da gibt es die Städte Slupsk (früher Stolp) mit dem Kennzeichen ›GS‹ und Sopot (früher Zoppot) mit ›GSP‹, weitere drei Landkreise, die ein ›G‹ im Schild haben: Slupski mit ›GSL‹, Starogardzki mit ›GST‹ und Sztumski mit ›GSZ‹. Übrigens ist ›Powiat‹ die polnische Bezeichnung für Landkreis, sagt mein ›gescheites Gerät‹!«

»Ist ja gut«, schnaubte Doninger, »kein Wort mehr gegen Ihr Smartphone! Einverstanden?«

»Alles klar, Chef!«, sagte Simone Mertens und grinste.

»Und jetzt wollen wir mal Polen, Smartphone und Kriminalfall vergessen und uns was Gutes tun«, rief der Kommissar, startete den Wagen und fuhr westwärts.

»Frankreich lässt grüßen, hab ich recht?«, fragte Simone Mertens.

»Sie haben, Frau Kollegin!«, war die Antwort. »Es ist Kaffeezeit. Ich lade Sie ein.«

»Drusenheim, wir kommen!«, trällerte er fröhlich vor sich hin.

Die Kommissarin freute sich. Nach Drusenheim mussten sie mit der Fähre übersetzen. Und zwar kostenlos, wie sie vom ersten Mal noch wusste. Sie genoss die Minuten auf dem Motorschiff ›Drusus‹. Natürlich wusste Doninger über die Herkunft des Namens Bescheid. Beim letzten Mal hatte er ihr erklärt, dass der römische Feldherr Nero Claudio Drusus Namensgeber gewesen sei für das römische Kastell, das früher auf Drusenheimer Gemarkung gestanden haben soll. Aber daran dachte sie heute nicht. Sie wollte die Ruhe genießen, das Wasser plätschern hören und den Schwänen zusehen, die sich nahe der Anlegestelle im Rhein tummelten.

In der Rue du Général de Gaulle hielten sie vor einem Restaurant mit dem seltsamen Namen ›Bim Buewele‹ an.

»Das klingt nicht gerade Französisch.« Simone Mertens wunderte sich.

»Im Elsass wird außer Französisch auch Elsässisch gesprochen«, sagte ihr Kollege. »Bim Buewele ist elsässisch und heißt so viel wie ›Beim Bübchen‹.«

Und erklärend fügte er hinzu: »Hier soll sich der Gast wohlfühlen wie ein kleiner Bub, denke ich.«

»Hoffentlich habe ich da als Mädchen eine Chance«, meinte die Kommissarin.

»Dafür garantiere ich«, sagte Doninger. »Ich war schon einige Male hier.«

Simone Mertens und ihr Chef hatten es sich in einer gemütlichen Ecke des Lokals bequem gemacht. Die Kommissarin studierte die Speisekarte. Sie war auf Französisch, aber da und dort tauchten Gerichte auf, deren Bezeichnungen Simone Mertens zum Schmunzeln brachten.

Belustigt las sie vor: »Grumberekechle, Büewespaetzle, Fleischkechle, Lewerknepfle, Waedele, Bibeleskaes.«

Sie sah ihren Kollegen fragend an. Doninger versuchte sich als Dolmetscher.

»Also, liebe Frau Mertens, Sie bekommen hier so tolle Sachen wie Kartoffelküchle, Bubespitzle, auch Schupfnudeln genannt, Fleischküchle, Leberspätzle, Schweinshaxe und Quark. Da läuft einem doch das Wasser im Mund zusammen, oder?«

»Ich begnüge mich mit einem Coupe Glacée Chantilly und hoffe, einen leckeren Eisbecher mit Sahne zu bekommen«, sagte die Kommissarin.

»Perfekt! Und ich verwöhne mich mit einem Struedel aux Pommes, einem Apfelstrudel, und dazu bestelle ich ein Glace à la Vanille, ein Vanilleeis«, meinte der Kommissar und fügte verschmitzt hinzu: »Schlemmen wie Gott in Frankreich!«

»Und auf dem Heimweg werden Sie die Marseillaise singen!« Simone Mertens grinste ihren Chef an.

»Durchaus möglich«, erwiderte Doninger und machte sich genüsslich über seinen Struedel aux Pommes her.

19

Frankreich schien für Robert Doninger eine magische Anziehungskraft zu besitzen. Vielleicht lag es daran, dass er, abgesehen von den wenigen Nebeltagen im Herbst, von seinem Haus auf einer Anhöhe im badischen Lauf aus die Rheinebene vor sich liegen sah. Auf der anderen Uferseite des Rheins, le Rhin, wie der Fluss bei den Franzosen hieß, begann französisches Gebiet mit den Vogesen im Hintergrund. Und manchmal ertappte er sich dabei, dass er im Anblick dieses herrlichen Panoramas ein »Vive la France« ausrief oder gar die Marseillaise, die französische Nationalhymne, schmetterte. Natürlich auf Französisch. Den Text kannte er aus seiner Schulzeit. Da war Französisch Pflichtfach.

Seine Frau Gabi grinste sich eins, wenn sie ihren Göttergatten mit seiner kräftigen Bassstimme laut singen hörte. Sie störte sich nicht daran. Singen sollte ja gesund sein, hatte sie in einem schlauen Buch gelesen. Und sämtliche Nachbarhäuser lagen weit entfernt. In nächster Umgebung gab es nur Kastanienwald, Kirschbäume und Wiesen.

»Ein Vogel mehr, der zwitschert.« Gabi Doninger fand es lustig, meistens jedenfalls.

Natürlich nahm der Kommissar auf der Rückfahrt nach Baden-Baden den Weg über die französische Rheinseite. Im liberalen Frankreich hatte er keinen Zöllner zu befürchten, der ihn deswegen anpflaumte. Vor Jahren war ihm das einmal in der Schweiz passiert. Es geschah auf der Rückfahrt von einem Urlaub mit der Familie in Vorarlberg. Damals waren die Kinder noch klein. Sie hatten einen richtigen Abenteuerurlaub erlebt in der Berghütte oberhalb der Ortschaft Au, mit einem herrlichen Ausblick auf den Didamskopf und die Üntschenspitze. In Bregenz hatten sie sich spontan entschlossen, dieses Mal die Schweizer Route am Bodensee entlang zu nehmen.

»Haben Sie in Deutschland keine Straßen?«, hatte sie der Schweizer Zollbeamte an der Grenze mit vorwurfsvollem Blick gefragt.

Doninger konnte es heute noch kaum fassen, wenn er daran dachte. In Frankreich wäre ihm das nie passiert, da war er sich sicher.

Als sie durch Sessenheim fuhren, erinnerte sich Simone Mertens an ihren letzten Aufenthalt im Heimatort der Pfarrerstochter Friederike Brion. Auf der Rückfahrt von Haguenau hatten sie den kleinen Umweg über Sessenheim genommen. Der Kommissar hatte ihr die Orte gezeigt, die in der kurzen Liebschaft des Mädchens mit dem jungen Dichter Johann Wolfgang Goethe eine Rolle gespielt hatten.

Im nächsten Ort Auenheim fielen der Kommissarin einige Betonruinen auf. Der Kollege erklärte ihr, dass dies noch Reste von Bunkern von der Maginot-Linie wären, die in den Jahren zwischen 1930 und 1940 als Schutzwall gegen Deutschland errichtet worden waren.

»Der Name geht auf André Maginot zurück, der einige Zeit lang Kriegsminister in Frankreich war«, wusste Doninger zu berichten.

»Gott sei Dank sind diese Zeiten Geschichte!«, sagte Simone Mertens und atmete erleichtert auf. »Zum Glück ist diese schreckliche Erbfeindschaft vorbei. Hoffentlich für immer!«

Vom Kommissar war ein zustimmendes Brummen zu vernehmen.

Kurz nach Roppenheim bogen sie auf die Departementsstraße 4 in Richtung Deutschland ab.

»Wenn Sie mal ausgiebig shoppen wollen, können Sie das hier im Outlet-Center mit mehr als hundert Ladengeschäften mit Fabrikverkauf tun«, erklärte der Kommissar, als sie an dem 2012 eröffneten Gelände vorbeifuhren.

»Alles im elsässischen Fachwerkstil erbaut«, fügte er hinzu.

»Waren Sie schon mal zum Einkaufen hier?«, wollte die Kollegin wissen.

»Nee, dafür bin ich nicht zu haben«, antwortete Doninger, »bei derartigen Dimensionen wird der Einkaufsbummel eher zum Einkaufsrummel. Nichts für Robert Doninger. Da gibt es Schöneres im Leben, oder?«

Dem hatte Simone Mertens nichts hinzuzufügen.

Kurz darauf passierten sie bei der Staustufe Iffezheim die Rheinbrücke und fuhren auf der B 500 in Richtung Baden-Baden.

Melanie Ams war eifrig damit beschäftigt, die Ergebnisse der Firmenbefragung in der Umgebung auszuwerten, deren Lieferwagen am fraglichen Zeitpunkt im Gebiet rund um den Sand unterwegs gewesen sein könnten. Es war nichts Verwertbares darunter. »Fehlanzeige!«, rief sie enttäuscht, als Doninger mit der Kommissarin das Büro betrat.

Und als sie in die fragenden Gesichter blickte, fügte sie hinzu: »Kein Kastenwagen aus der Gegend war zur fraglichen Zeit am Sand oben.«

Die Sekretärin wunderte sich, dass Doninger und Simone Mertens diese schlechte Nachricht, wie sie meinte, so gelassen aufnahmen. Sie konnte ja nicht wissen, dass die beiden inzwischen einen Kastenwagen aus Polen als verdächtiges Objekt im Visier hatten.

»Aber ich hab noch was für Sie«, sagte Melanie Ams, »ein Alois Schlegel aus Herrenwies hat heute angerufen und wollte die Kommissarin sprechen. Die hübsche Kommissarin, hat er gesagt.«

»Der kann es wohl nicht erwarten, sein Freibier zu bekommen«, feixte Doninger.

»Er hat nur gesagt, dass er etwas Wichtiges erfahren habe«, meinte die Sekretärin, »und ich habe ihm gesagt, die Kommissarin würde sich melden.«

»Okay, ich rufe ihn gleich an«, beschloss Simone Mertens.

»Soll ich Ihnen die Nummer von der Wirtschaft geben?«, fragte Melanie Ams. »Er wollte nämlich noch zum Stammtisch.«

»Die Nummer vom ›Waldesruh‹ habe ich«, antwortete die Kommissarin.

»Kommen Sie, den überraschen wir!«, rief Doninger und sprang auf.

»Eigentlich wollte er ja nur mit mir sprechen«, versuchte die Kollegin einzuwenden.

Aber das ließ der Kommissar nicht gelten. Wenn er eine Chance sah, der verhassten Büroarbeit zu entkommen, fiel ihm immer etwas Passendes ein.

»Ach, was, dem Schlegel spende ich ein Bier, dann hat er gegen meine Gegenwart nichts einzuwenden«, rief er und stürmte aus dem Zimmer.

Die Kommissarin sah die Sekretärin an und zuckte mit den Schultern, als sie ihm folgte.

»So ist er halt, unser Chef«, seufzte Melanie Ams und grinste.

Alois Schlegel staunte nicht schlecht, als der unerwartete Besuch ins Lokal hereinschneite.

»Wer kommt denn da?«, fragte er laut und schaute seinen Zechbruder am Stammtisch an. »Ist das nicht die Polizei und dazu in doppelter Ausfertigung?«

»Der Chef ist mitgekommen, weil er Ihnen ein Bier spendieren wollte«, sagte die Kommissarin fast entschuldigend.

»Solche Chefs lob ich mir!« Alois Schlegel lachte.

»Haben Sie noch mehr von der Sorte?«, fügte er scherzhaft hinzu.

»Einer muss genügen«, brummte der Kommissar, »und der spendet Ihnen und Ihrem Kumpel ein Freibier.«

Seinem Platz am Stammtisch stand nun nichts mehr im Weg. Wer Freibier zahlte, war immer willkommen.

Als Alois Schlegel den ersten Schluck getrunken hatte, rückte er näher an die Kommissarin heran und flüsterte: »Sie wissen doch noch, was ich Ihnen letztes Mal von den Sperrmüllsammlern aus Osteuropa erzählt habe, die öfters mit ihren Kastenwagen durchfahren. Gestern war ich mit dem Bernhard, einem Jagdkollegen aus Neusatzeck, in der ›Hochkopfstube‹ in Unterstmatt. Der hat sich wegen so eines alten Karrens aufgeregt.«

»Und warum?«, fragte die Kommissarin interessiert.

»Weil er ihm die Vorfahrt genommen und ihn anschließend mit seinem stinkenden Auspuff eingenebelt hat.«

Alois Schlegel nahm einen tüchtigen Schluck, wischte sich den Schaum ab und meinte spitzbübisch: »Er hat sich aber seine Nummer aufgeschrieben.«

Auch der Kommissar war hellhörig geworden. Am liebsten hätte er sich in die weitere Unterhaltung eingemischt. Aber er kannte die psychologischen Fähigkeiten seiner Kollegin und überließ ihr die weitere Gesprächsführung.

»Ist er damit zur Polizei gegangen?«, wollte Simone Mertens wissen.

»Ach was! Der Bernhard ist keiner, der wegen so was zur Polizei rennt. Daheim hat er sich beruhigt und den Zettel in den Papierkorb geschmissen«, erwiderte Schlegel.

»Und jetzt kommt's!«, schnaufte der Jäger und rückte näher an die Kommissarin heran. »Der Bernhard hat mich heute Morgen angerufen. Den Zettel hat er noch. Nach unserem Stammtischgespräch hat er ihn aus dem Abfalleimer herausgefischt. Ich hab ihm nämlich von unserem Gespräch erzählt und dass Sie so einen Kastenwagen suchen.«

Nach einem neuerlichen Schluck aus dem Glas meinte er: »Wenn Sie mit der Nummer was anfangen können, will er sie Ihnen geben, hat er gesagt.«

Und ob sie das konnten! Die Nummer könnte der Schlüssel für die Lösung des Falles sein. Das war ihnen sofort klar. Mit Hilfe der Nummer ließe sich der Fahrer des Kastenwagens ermitteln. Und damit der Täter.

»Gute Arbeit, Herr Schlegel!«, lobte Robert Doninger und ließ den beiden Stammtischbrüdern ein weiteres Bier bringen.

»Lieber Herr Schlegel, ich bin stolz auf Sie!«, sagte Simone Mertens und lächelte den Jäger an.

Dabei ergriff sie seine rechte Hand und drückte sie fest.

»Ganz bestimmt wissen Sie, wo wir Ihren Jagdkollegen finden«, flötete sie.

Alois Schlegel hätte in diesem Augenblick alles für die Kommissarin getan. Natürlich rückte er mit der gewünschten Adresse heraus.

»Der Bernhard ist heute aber unterwegs«, erklärte er.

»Dann werden wir morgen mit ihm sprechen«, mischte sich der Kommissar in das Gespräch ein. »Wie heißt es so schön? Aufgeschoben ist nicht aufgehoben.«

20

»Heute frage ich Sie nicht, ob Sie sich hier auskennen«, sagte Simone Mertens, als sie durch Neusatz fuhren und in den höher gelegenen Ortsteil Neusatzeck kamen.

»Das will ich auch hoffen«, bellte Doninger, »Sie dürften inzwischen wissen, dass ich mich hier wie in meiner Westentasche auskenne.«

»Der Ort ist ein Stadtteil von Bühl, wenn ich das am Ortsschild richtig gesehen habe?«, fragte die Kommissarin interessiert.

»Ja, seit 1970, es ist Bühls höchstgelegener Stadtteil«, wusste der Kollege zu berichten.

»Und wir müssen zu einem … Moment mal!« Simone Mertens kramte in ihrer Tasche nach einem Zettel. »Zu einem Bernhard Kist in der Schwarzwaldstraße.«

»Auf der fahren wir gerade«, erklärte der Kommissar, »die angegebene Hausnummer müsste gleich auf der linken Seite kommen.«

Sie hatten Glück! Schlegels Jagdkamerad Bernhard Kist war zu Hause. Tags zuvor war er geschäftlich unterwegs gewesen und hatte sich an diesem Morgen frei genommen. Er arbeitete als Außendienstmitarbeiter für eine Möbelfirma, wie er berichtete.

»Wenn der Alois nicht so darauf gedrängt hätte, dass ich die Autonummer der Polizei melde, wäre sie im Papierkorb verschwunden«, sagte er, als die Kommissare im Wohnzimmer Platz genommen hatten. »Sie wissen ja, wie das ist. Man regt sich über die Fahrweise des Vordermanns fürchterlich auf, kurze Zeit danach ist es vergessen. Aber wie gesagt, der Alois ließ nicht locker. Du musst die Nummer der Kommissarin melden, hat er immer wieder gesagt.«

»Gut, dass Sie auf ihn gehört haben«, meinte Simone Mertens.

»Sieht so aus«, sagte Herr Kist und grinste. »Wissen Sie, der Alois ist halt, wie er ist. Ein Schlitzohr aus dem Effeff, aber ein Kumpel, auf den man sich verlassen kann. Wir treffen uns ab und zu in der ›Hochkopfstube‹ auf Unterstmatt. Aber meistens ist er im ›Waldesruh‹ in Herrenwies anzutreffen. Da kann er dann heimwackeln, wenn er genug intus hat.«

Für Kommissar Doninger war es an der Zeit, dem Redeschwall des Möbelhändlers irgendwie Einhalt zu gebieten. Der Außendienstmitarbeiter schien so richtig warmzulaufen wie der Motor eines Rennwagens vor dem Start, und er hätte noch minutenlang über Gott und die Welt berichtet. Dabei waren sie in ihren Ermittlungen noch keinen Schritt weitergekommen.

»Was war der Grund dafür, dass Sie sich das Kennzeichen notiert haben?«, fragte Doninger urplötzlich.

Bernhard Kist blickte den Kommissar verdutzt an und schluckte ein paarmal. Er holte tief Luft und schwenkte zum neuen Thema um.

»Also, das war so«, machte er einen neuen Anlauf. »Ich hatte geschäftlich in Freudenstadt zu tun und war auf der Heimfahrt. Auf der B 500 von Hundseck her wollte ich am Sand nach Bühlertal abbiegen. Normalerweise fahre ich in Unterstmatt die Omerskopfstraße nach Neusatzeck hinunter. Aber an dem Tag dachte ich, Bernhard, heute nimmst du mal die Strecke über den Sand und Bühlertal. Wissen Sie, die Strecke war lange Zeit wegen Erneuerungsarbeiten gesperrt, ich wollte mal sehen, ob sich da viel geändert hat.«

Simone Mertens merkte, wie ihr Kollege unruhiger wurde. Wenn Herr Kist nicht bald zu Potte kam, war in absehbarer Zeit eine Explosion zu befürchten. Deshalb griff sie ein und fragte nochmals höflich: »Und was hat Sie bei dieser Fahrt so fürchterlich aufgeregt?«

Das schien das richtige Stichwort für den Außendienstmitarbeiter zu sein. Die Erinnerung daran brachte ihn wieder so richtig in Rage.

»Stellen Sie sich vor!«, legte er los. »Ich komme also von Hundseck her und will an der Kreuzung am Sand bei Grün Richtung Bühlertal abbiegen. Da kommt doch von rechts dieser Schrottkasten her und rast bei Rot, die Ampel musste ja auf seiner Seite Rot gehabt haben, rast also bei Rot direkt vor mir über die Kreuzung! Können Sie sich das vorstellen?«

Die Frage gab Simone Mertens die Chance, seine Berichterstattung in die gewünschte Bahn zu lenken.

»Und da haben Sie sich sein Nummernschild notiert«, sagte sie.

»Wo denken Sie hin!« Herr Kist tat entrüstet.

»So schnell bringt man einen Bernhard Kist nicht aus dem Gleichgewicht«, erklärte er. »Guck, dass du Land gewinnst, habe ich gerufen und ein paar Kraftausdrücke hinterhergeschickt, die ich nicht wiederholen will.«

»Und wann haben Sie die Nummer aufgeschrieben?« Die Kommissarin startete einen neuen Versuch, endlich in Richtung Ziel zu kommen.

»Sind Sie schon mal hinter so einer Schrottkiste hergefahren?«, kam die Gegenfrage. »Bei jedem Tritt aufs Gaspedal kam eine Rußwolke aus dem Auspuff. Ich sage Ihnen, ich wäre beinahe erstickt. Da hatte ich die Nase voll, im wahrsten Sinn des Wortes. Bernhard, habe ich zu mir gesagt, merk dir die Nummer! Die Schrottkiste hat bald ausgestunken.«

Bernhard Kist hatte sich so in Rage geredet, dass er erst einmal tief Luft holen musste. Wieder eine Gelegenheit für die Kommissarin, einzugreifen.

»Und da haben Sie die Nummer aufgeschrieben!«, sagte sie ruhig.

»Nein, nicht sofort«, erklärte Herr Kist. »Wissen Sie, in meinem Beruf muss man sich Namen und Zahlen gut merken können. Da bin ich perfekt. Was soll ich sagen? Ich habe mir die Nummer gemerkt und daheim auf einem Zettel aufgeschrieben.«

»Und den wollen Sie uns jetzt geben«, ließ sich der Kommissar vernehmen.

Er war froh, dass die Kollegin bisher die Gesprächsführung übernommen hatte. So geduldig wäre er nicht gewesen. Aber jetzt waren sie auch so ans Ziel gelangt, und das versöhnte ihn. Seine Kollegin hatte ein dickes Lob verdient. Doch das wollte er sich für später aufbehalten.

»Ist Ihnen sonst noch etwas an dieser Schrottkiste, wie Sie sie genannt haben, aufgefallen?«, wollte Doninger wissen, als er den Zettel mit der Nummer eingesteckt hatte.

»Ich hatte ja viel Zeit beim Hinterhertuckern«, antwortete Herr Kist, »sind Sie schon mal diese Strecke hinter so einem Stinkbolzen hinterhergefahren?«

»Ich kenne die Strecke«, erwiderte der Kommissar, der einen neuerlichen Redeschwall befürchtete. Darum fügte er schnell hinzu: »Was war auffällig am Wagen?«

»Dass es ein uralter Ford Transit war, früher mal weiß, und dass er außer den vielen Rostflecken ein altes ovales Länderschild mit einem ›PL‹ hatte, hilft Ihnen das?«

Der Hauptkommissar und seine Kollegin waren zufrieden. Das Ergebnis des ausschweifenden Vortrags konnte sich sehen lassen. Vor allem der Zettel mit dem Nummernschild war die Dienstfahrt wert gewesen.

»Wie gut, dass der Alois Schlegel auf Zack war«, sagte Simone Mertens, als sie im Auto saßen. »Da ist noch ein Freibier fällig.«

»Mindestens!« Doninger nickte und meinte: »Ein paar Minuten Ruhe täten gut nach dem überstandenen Redeschwall.«

Er fuhr auf den Parkplatz des Klosters Neusatzeck.

»Ein Ort der Ruhe und Erholung«, erklärte er seiner Kollegin, »ich kenne wenig solche Orte wie diesen. Gönnen wir uns ein paar Minuten!«

Er hätte Simone Mertens erzählen können, dass es dieses Kloster seit 1885 gibt und dass es heute das Mutterhaus der Dominikanerinnen ist. Er hätte vom Kräutergarten mit seinen 14 Themenfeldern schwärmen können oder vom Bibelgarten mit den über 60 Blumen- und Pflanzensorten, die schon in der Bibel erwähnt werden.

Aber er ließ es sein. Heute hatten sie genug gehört. Jetzt wollten sie die Ruhe genießen, die frische Luft einatmen und in aller Stille entspannen.

»Ich komme ab und zu hierher. Ein wunderbarer Ort!«, sagte er nur und schloss für ein paar stille Minuten die Augen.

21

Die Lösung des Falles schien greifbar nahe zu sein. Das Kennzeichen des mutmaßlichen Täterfahrzeugs war bekannt. Wenn der DNA-Test des Fahrers mit den DNA-Spuren, die man bei der Mädchenleiche gefunden hatte, übereinstimmte, konnten die ermittelnden Beamten diesen Kriminalfall ad acta legen.

Aber noch war es nicht so weit. Erst musste der Fahrer gefunden werden. Kein Problem, wenn Halter und Fahrer des Fahrzeugs identisch waren. Aber wenn nicht? Dann konnte man nur hoffen, dass der Halter den Fahrer kannte und seinen Namen preisgab.

Es galt, Kontakt mit den zuständigen Stellen in Polen aufzunehmen, um an die notwendigen Informationen zu gelangen.

Der Hauptkommissar stand mit seiner Kollegin vor der Pinnwand im Büro, um das weitere Vorgehen zu besprechen. Das Telefon läutete.

»Der Schaumann ist im Landeanflug!«, rief Melanie Ams, als sie den Hörer auflegte.

»Als ob er den Braten gerochen hätte«, sagte Simone Mertens und blickte ihren Kollegen belustigt an.

»Heute kommt unser Kriminalrat ausnahmsweise mal wie gerufen«, brummte Doninger. »Der kennt sich mit Behörden aus. Und in Polen war er auch schon, wie ich weiß.«

»Beruflich oder privat?«, fragte Melanie Ams interessiert.

»Rein privat, nehme ich an«, meinte der Kommissar. »Er hat mal von einer Rundreise erzählt, die er gemacht hat, Masuren, Pommern, Danzig und so weiter.«

»Dort soll es sehr schön sein«, seufzte Simone Mertens, »Masuren, das Land mit den tausend Seen.«

»Echt? Tausend Seen?« Die Sekretärin zweifelte.

»Ich habe sie nicht gezählt«, erwiderte die Kommissarin, »aber so steht es im Reiseprospekt, das ich neulich im Briefkasten hatte.«

Inzwischen war der Kriminalrat eingetroffen. Er hatte beim Betreten des Büros gerade noch Simone Mertens' Hinweis auf das Reiseprospekt mitbekommen.

»Schmieden Sie etwa Reisepläne während der Dienstzeit?« Schaumann tat entrüstet. Aber es war ihm anzumerken, dass er das nicht ernst meinte.

»Wer weiß, vielleicht schenkt uns die Polizeidirektion eine Reise als Dankeschön für unsere erfolgreiche Arbeit«, überlegte der Kommissar laut.

»Immer für einen kleinen Scherz zu haben, unser Kollege.« Der Kriminalrat lächelte etwas gequält.

»Ohne Spaß, in Gedanken reisen wir im Augenblick durch Polen«, erklärte Doninger. »Wir haben nämlich ein polnisches Autokennzeichen im Reisegepäck.«

»Und wollen herausfinden, wem es gehört«, fügte die Kommissarin hinzu.

Der Kriminalrat runzelte die Stirn. So ganz war ihm nicht klar, was die Kollegen in Polen wollten. Und mit einem Nummernschild im Koffer!

Die Kommissare klärten ihn auf.

»Wir müssen also mit den zuständigen Stellen in Polen Kontakt aufnehmen und den Halter des Fahrzeugs herausfinden«, schloss Doninger seinen Bericht.

»Und hoffen, damit auch den Fahrer zu erwischen, den wir für den Täter halten«, ergänzte Simone Mertens.

»Das mit dem Kontakt nach Polen kann ich übernehmen«, bot der Kriminalrat an.

»Ich kenne die Gegend. Das ›G‹ auf dem Schild steht für Pommern, Wojewodschaft Pomorskie, wie das heute heißt. Eine wunderschöne Landschaft! Eine Reise dorthin lohnt sich, kann ich Ihnen nur empfehlen.«

»Und die weiteren Buchstaben stehen für den Landkreis Slupski«, ergänzte die Kommissarin.

»Landkreis heißt in Polen Powiat«, sagte Schaumann.

»Übrigens, Slupsk wird im Polnischen als Swupsk ausgesprochen«, fügte er stolz hinzu. »Ein bisschen Polnisch habe ich auf meiner Rundreise gelernt.«

Danach zog sich der Kriminalrat in sein ehemaliges Büro zurück. Es war noch so, wie er es vor seinem Umzug nach Rastatt verlassen hatte. Dort hatte er neues Mobiliar bekommen und eine technische Ausstattung, die auf dem aktuellen Stand war. Trotzdem fühlte er sich gleich heimisch, als er an seinem alten Schreibtisch Platz genommen hatte.

Auf seiner Rundreise durch Polen hatte er sich für das Polizeiwesen im Land interessiert und dabei die Kommandantur der Policja in Danzig oder Gdansk, wie es heute hieß, besucht. Janusz Kasprowicz, einer der leitenden Beamten der Kriminalabteilung, war dort sein Gesprächspartner gewesen. Er sprach fließend Deutsch. Diesen wollte er anrufen und ihn um Unterstützung im vorliegenden Fall bitten.

Es dauerte eine Weile, bis er den richtigen Mann an der Strippe hatte. Schließlich klappte es doch, und der Kriminalrat konnte seinem polnischen Kollegen seine Bitte vortragen. Janusz Kasprowicz versprach, den Halter des Fahrzeugs in Erfahrung zu bringen und sich danach zu melden. Man unterhielt sich noch über die üblichen Themen wie das Wetter, den Fußball und die damalige Begegnung in Polen, dann hieß es, auf eine erfolgreiche Nachforschung zu warten.

»Das kann etwas dauern, verehrter Herr Kollege«, hatte ihn der polnische Beamte vorgewarnt, »bei uns geht das nicht so zackzack wie bei Ihnen, aber ich melde mich.«

»Wenn's geht, heute noch«, brummte der Kriminalrat etwas ungeduldig vor sich hin, als er den Hörer aufgelegt hatte.

Doch insgeheim musste er sich eingestehen, dass es ohne dieses Zackzack im Leben öfters etwas ruhiger und stressfreier zuginge.

»Wie sagt ein Sprichwort? ›Komm ich heut nicht, komm ich morgen!‹«, meinte Doninger, als ihm der Kriminalrat das Ergebnis seines Telefonats mitteilte.

»Bei uns zu Hause hieß es immer: ›Was du heute kannst besorgen, das verschiebe nicht auf morgen!‹« Simone Mertens erinnerte sich an den Spruch ihres Vaters.

»Meine Mutter war auch nicht gerade die Geduld in Person«, sagte Melanie Ams. »Wenn ich nicht gleich spurte, hatte sie auch so ein Sprichwort parat. Ich höre sie heute noch maulen: ›Morgen, morgen, nur nicht heute, sprechen alle faulen Leute!‹«

»Wobei das typisch deutsche Sprüche sind, wie ich meine«, fügte Schaumann an. »Manchmal ist es besser, wenn man eine Nacht darüber schläft, ehe man handelt.«

»Sehr weise gesprochen, Herr Kriminalrat!«, lobte ihn Doninger. »Ich werde Sie bei Gelegenheit daran erinnern.«

Jetzt hieß es abzuwarten und darauf zu vertrauen, dass der Rückruf aus Polen nicht allzu lange auf sich warten ließ. Melanie Ams amüsierte sich ein wenig, als sie in die nachdenklichen Gesichter ringsum blickte. So sprachlos hatte sie die Kollegen selten erlebt.

»Sieht fast so aus wie eine neue Folge aus der Serie ›Wir warten aufs Christkind‹«, posaunte sie.

»Und dieses Mal kommt das Christkind aus dem Osten, wie damals die drei Könige.« Simone Mertens griff den lustigen Einfall dankbar auf.

»Aber die kamen aus dem Morgenland und nicht aus Polen«, stellte Doninger fest.

»Jetzt wird mir erst so richtig bewusst, was mir in Rastatt gefehlt hat!« Der Kriminalrat griff sich an den Kopf und fügte grinsend hinzu: »So eine Unterhaltungssendung gibt es nur im Kommissariat in Baden-Baden.«

22

Der Anruf aus Polen kam schneller als erwartet. Bereits am nächsten Morgen klingelte bei Kriminalrat Schaumann in Rastatt das Telefon.

»Ich habe zwei Nachrichten für Sie, lieber Kollege, eine gute und eine schlechte«, bekam der Kriminalrat zu hören.

Und ohne Schaumanns Reaktion abzuwarten, ließ Janusz Kasprowicz die Katze aus dem Sack.

»Die gute Nachricht ist: Wir haben den Halter des Fahrzeugs gefunden«, wusste der polnische Kollege zu berichten. »Er heißt Bartosz Adamski, und jetzt kommt die schlechte Nachricht: Er ist vor einem knappen Jahr verstorben.«

»Und wer fährt jetzt mit dem Nummernschild durch die Gegend?«, fragte Schaumann irritiert. »Das müsste doch festzustellen sein, oder nicht?«

Was der Kriminalrat zu hören bekam, konnte er kaum glauben. Das Auto war nach dem Tod des Halters abgemeldet worden. Die Nummer war nicht neu vergeben worden.

»Das heißt, es dürfte gar kein Auto mit der Nummer geben?«, fragte Schaumann ungläubig.

»So ist es, lieber Kollege!«, bestätigte der polnische Beamte. »Entweder haben Sie die falsche Nummer oder ...«»... ein Spitzbube fährt mit dem abgemeldeten Nummernschild durch die deutschen Lande«, beendete der Kriminalrat den angefangenen Satz.

Die beiden Kriminalisten besprachen die weitere Vorgehensweise. Schaumann wollte nachprüfen lassen, ob die Nummer korrekt notiert wurde. Die polnische Seite versprach, die Vorgehensweise bei der Abmeldung des Wagens genau zu untersuchen.

»Ich schicke einen Beamten zu den Hinterbliebenen des Bartosz Adamski. Er soll dort die näheren Umstände in Erfahrung bringen«, sagte Janusz Kasprowicz.

Simone Mertens war am Apparat, als die schlechte Nachricht aus Rastatt eintraf.

»Wir sind tagelang der Nummer nachgejagt, haben sie endlich, und nun das«, sagte sie enttäuscht.

»Ja, so ist das eben im Leben. Man glaubt sich am Ziel, und dann fällt alles wie ein Kartenhaus in sich zusammen«, brummte ihr Kollege vor sich hin.

Doninger war in seiner langen Dienstzeit solche Rückschläge gewohnt. So leicht ließ er sich nicht unterkriegen.

Die Kommissarin glaubte ihren Ohren nicht zu trauen. Summte da der Kollege nicht eine Melodie? Sie täuschte sich nicht. Dem Kommissar waren gerade die passenden Verszeilen aus dem »Trompeter von Säckingen« eingefallen, die er vor sich hin trällerte:

Behüt dich Gott, es wär zu schön gewesen,
behüt dich Gott, es hat nicht sollen sein.

»Stammt aus dem Trompeterlied des Dichters Joseph Victor von Scheffel«, reichte Doninger als Erklärung nach. »1826 in Karlsruhe geboren und 1886 auch dort gestorben.«

Nach diesem Ausflug in die Kunst kam der Kommissar rasch auf den Fall zurück.

»Dieser Bernhard Kist soll seine aufgeschriebene Nummer auf ihre Richtigkeit hin überprüfen«, sagte er. »Das ist das Einzige, was wir im Augenblick tun können.«

Simone Mertens erklärte sich spontan bereit, diese Aufgabe zu übernehmen. Sie wollte ihrem Kollegen einen neuerlichen Wortschwall des Zeugen aus Neusatzeck ersparen.

Der Kommissar war froh. Er wollte seine Kollegin gerade darum bitten.

»Aber passen Sie auf!«, warnte er sie. »Der würde Ihnen eine neue Matratze samt Lattenrost aufschwätzen und dafür das Bettgestell in Zahlung nehmen.«

Die Kommissarin überlegte sich auf der Fahrt nach Neusatzeck, wie sie ihren redefreudigen Zeugen im Zaum halten könnte. Schließlich sollte er ja nur kurz die Nummer
auf ihre Richtigkeit hin überprüfen. Doch wenn sie dieses
Anliegen vortrug, würde er bestimmt beleidigt sein und
ihr einen Vortrag halten über die Genauigkeit seines Zah-
lengedächtnisses. Also dachte sie sich eine andere Strategie aus. Sie wusste, dass auf den polnischen Kennzeichen
zwischen 2000 und 2006 die Nationalflagge abgebildet
war. Sie wurde ab 2006 von der Europaflagge abgelöst.
Also würde sie bei ihrem Besuch in diese Richtung fragen.

Der Plan klappte hervorragend. Natürlich hatte Bernhard Kist die Nationalflagge auf dem Schild entdeckt
und dahinter die Nummer, die er auf dem Zettel notiert
hatte. Und gewissenhaft, wie er war, wiederholte er
diese, Buchstabe für Buchstabe, Ziffer für Ziffer, genau
wie sie auf dem Papier stand.

»Sie waren uns eine große Hilfe!«, lobte Simone Mertens. »Wenn alle Zeugen solch eine gute Beobachtungs-
gabe hätten, wären wir froh.«

»Keine Ursache, Frau Kommissarin!«, rief Herr Kist
und fügte lachend hinzu: »Nicht verzagen, Bernhard
fragen!«

So viel Selbstbewusstsein auf einem Haufen findet
man auch nicht alle Tage, ging es der Kommissarin
durch den Kopf, als sie nach Baden-Baden zurückfuhr.
Insgeheim freute sie sich aber diebisch, dass sie mit ihrer
Strategie Erfolg gehabt hatte.

Die Nummer stimmte also. Nun mussten sie auf die Ergebnisse warten, die die polnischen Behörden in Erfahrung bringen konnten. Und wieder dauerte es nicht lange, bis sich der Kriminalrat aus Rastatt meldete. Sein polnischer Kollege musste mächtig Druck gemacht haben!

Die Ergebnisse der Ermittler waren aber alles andere als ermutigend. Wie die Angehörigen des Bartosz Adamski berichtet hatten, war der Kastenwagen ein paar Wochen nach dessen Tod von einem etwa 30 bis 40 Jahre alten Mann vom Hof weggekauft und bar bezahlt worden. Er wollte sich auch um die Ab- beziehungsweise Ummeldung kümmern.

»Und? Papierc? Name?«, wollte Doninger wissen.

»Fehlanzeige!«, antwortete der Kriminalrat.

»Alles mit Handschlag wie beim Pferdehandel«, meinte Simone Mertens und schüttelte belustigt den Kopf.

»Das Einzige, was die Hinterbliebenen wussten, der Mann wollte das Auto für Sperrmülltransporte einsetzen«, hatte der Kriminalrat erfahren. »Wir müssen in diese Richtung ermitteln.«

»Und was ist mit der Steuer und der Versicherung? Da muss es doch Unterlagen geben.« So schnell gab sich der Kommissar nicht geschlagen.

»Ebenfalls Fehlanzeige!«, war aus Rastatt zu vernehmen.

Das Auto musste tatsächlich abgemeldet worden sein. Die Verwandten hatten nach Jahresfrist weder Kfz-

Steuer noch Versicherung bezahlen müssen. Für sie war der Fall erledigt. Für die Ermittler in Baden-Baden nicht.

»Wir sind so klug als wie zuvor«, zitierte Doninger einen Spruch aus Goethes »Faust« und meinte: »Was nützt uns das Nummernschild, wenn es dazu keinen Fahrer gibt?«

»Sie werden doch die Flinte nicht ins Korn werfen!«, zitierte Simone Mertens eine bekannte Redensart.

»Den Kastenwagen gibt es, er fährt in der Gegend herum und hat einen Fahrer. Und das mit der ominösen, offiziell abgemeldeten Nummer werden wir herauskriegen, Chef, wir packen das!«, rief sie und zwinkerte Doninger zu.

23

»Kennen Sie das Badnerlied?«, fragte Hauptkommissar Doninger seine Kollegin, als sie auf der B 3 in Richtung Rastatt fuhren.

Eigentlich wollte Kriminalrat Schaumann ins Kommissariat nach Baden-Baden kommen, um das weitere Vorgehen zu besprechen. Aber Doninger hatte ihn überredet, sich in Rastatt zu treffen. Er musste raus nach der Pleite mit dem polnischen Autokennzeichen. Und zudem war er neugierig. Schaumanns Büro hatte eine neue Einrichtung bekommen.

»Das Badnerlied? Muss ich das kennen?«, fragte Simone Mertens.

»Als ehemalige Kölnerin nicht unbedingt«, meinte Doninger. »Aber während der Fahrt fiel mir ein, dass es eine Strophe gibt, die Rastatt betrifft. Wollen Sie sie mal hören?«

Die Kommissarin kannte ihren Chef. Er hätte mit seinem Gesang auch losgelegt, wenn sie die Frage verneint hätte. Also sagte sie nichts. Doninger wertete das als Zustimmung und sang die entsprechende Strophe aus vollem Hals:

In Karlsruh ist die Residenz,
in Mannheim die Fabrik,
in Rastatt ist die Festung
und das ist Badens Glück.

Und da er sich eingesungen hatte, ließ er den Refrain darauf folgen:

Drum grüß ich dich, mein Badner Land,
du edle Perl im deutschen Land!
Frisch auf, frisch auf, frisch auf, frisch auf,
frisch auf, frisch auf, mein Badner Land!

Und dabei fuchtelte der Kommissar abwechselnd mit dem linken, dann mit dem rechten Arm durch die Luft, dass die Kollegin befürchtete, bei so viel Temperament im Straßengraben zu landen. Erst als Doninger merkte, wie sie sich krampfhaft an den Haltegriff klammerte, zügelte er seine wilden Bewegungen, was die Lage sichtlich entspannte.

»Das Lied wird sogar in der Fußball-Bundesliga gesungen«, erklärte er der Kommissarin, »beim SC Freiburg zum Beispiel oder beim Karlsruher SC. Das müssten Sie mal hören, wenn ein ganzes Stadion das Badnerlied schmettert!«

»Das kann ich mir vorstellen«, seufzte Simone Mertens, »Ihre Stimme und das dann zig-tausendfach!«

»Ja, die Posaunen von Jericho sind dagegen ein laues Lüftchen!«, gab Doninger zu und lachte.

»Übrigens, von der Rastatter Festung ist nicht viel übrig geblieben, seit sie 1890 aufgegeben wurde.« Wie so oft machte der Kommissar einen Ausflug in die Geschichte.

Er berichtete vom Bau in den Jahren von 1842 bis 1852 und von ihrer Rolle im Jahr 1849 während der Badischen Revolution, und er hätte wahrscheinlich noch vom Deutsch-Französischen Krieg 1870/71 und weiteren geschichtlichen Ereignissen erzählt, wenn sie nicht gerade in die Engelstraße eingebogen wären und vor dem Kommissariatsgebäude angehalten hätten.

»Wir sind da«, sagte er daher, »mal sehen, was der Schaumann an seinem neuen Wirkungsort macht.«

»Was in absehbarer Zeit auch unser Wirkungsort sein wird«, meinte die Kommissarin.

»Ich kann es erwarten«, entgegnete ihr Kollege, »wenn es nach mir ginge, würde ich lieber in Baden-Baden bleiben.«

»Gottes Wege sind unergründlich«, zitierte Simone Mertens ein Sprichwort und grinste ihren Kollegen dabei vielsagend an.

»Ja, und die der Polizeireform ebenso«, erwiderte Doninger.

»Sapperlot!«, entfuhr es dem Kommissar, als er mit der Kollegin das neu eingerichtete Büro des Kriminalrats betrat. »Da hat man keine Kosten und Mühen gescheut!«

»Ja, das Büro ist großzügig ausgestattet«, musste der Kriminalrat zugeben. »Doch die Aufgaben sind nicht weniger geworden, und arbeiten muss man wie zuvor.«

»Und eine Kaffeemaschine mit allem Drum und Dran haben Sie auch«, stellte Simone Mertens fest.

»Die ich sogar bedienen kann!«, rief Schaumann stolz. »Womit kann ich dienen? Kaffee, Cappuccino, Espresso, Latte macchiato?«

»Latte macchiato!«, entschied die Kommissarin spontan.

»Und mir einen Cappuccino, bitte!«, sagte Doninger.

Der Kommissar konnte sich nicht daran erinnern, jemals von seinem Chef einen Kaffee oder gar einen Cappuccino serviert bekommen zu haben. Diesen wollte er deshalb Schluck für Schluck genießen.

Dann ging es an die Arbeit. Es galt, eine Strategie zu entwickeln, wie man trotz der Pleite mit dem Nummernschild weiterkommen könnte. Sie mussten einen neuen Weg suchen, den Fahrer des Kastenwagens ausfindig zu machen.

Mehrere Möglichkeiten wurden in Erwägung gezogen und in Gedanken durchgespielt:

- Der Wagen ist mit der bekannten Nummer weiterhin unterwegs.

- Der Wagen ist mit einer anderen zugelassenen Nummer unterwegs.

- Der Wagen ist weiterhin als Sperrmüllsammler im Einsatz.

- Der Wagen ist vorsichtshalber aus dem Verkehr gezogen worden oder in anderen Bundesländern im Einsatz.

Nach langem Hin und Her und Wenn und Aber und weiteren aromatischen Getränken aus Schaumanns Maschine einigte man sich auf eine Strategie, von der man sich den größten Erfolg versprach. Das Ermittlerteam ging davon aus, dass die ihnen bekannten Nummernschilder nach der Entsorgung der Leiche nur als Tarnung angebracht worden waren. Der Fahrer musste sie nach der Neuanmeldung seines Fahrzeugs behalten haben.

Sie nahmen an, dass der Wagen samt Fahrer mit den normalen Kennzeichen weiterhin im Einsatz war. In welcher Gegend? Das war schwer vorherzusagen. Man beschloss, in den nächsten Tagen die Sperrmüllsammler verstärkt durch Streifenwagen kontrollieren zu lassen, zunächst im Bereich der Polizeidirektion Offenburg.

»Ich werde Ihnen morgen einen Fachmann der Polizeidirektion Offenburg schicken. Wolfgang Mast ist ein Sperrmüllexperte und kennt seine Pappenheimer.

Er kann Ihnen bestimmt wertvolle Tipps geben«, sagte der Kriminalrat.

»Wir sollten speziell die alten Kisten ins Visier nehmen«, meinte er. »Vielleicht finden wir in einer davon die abmontierten Kennzeichen.«

»Oder gar DNA-Spuren, die mit denen an der Leiche übereinstimmen«, überlegte Simone Mertens.

»Wenn der Erfolg ausbleibt, müssen wir versuchen, den Aktionsradius auszudehnen«, schlug Kommissar Doninger vor.

»Darüber hinaus werde ich die polnischen Behörden um weitere Amtshilfe ersuchen«, erklärte Schaumann. »Es müsste sich doch feststellen lassen, wo in der fraglichen Zeit so ein Schrottkasten zugelassen wurde und von wem.«

»Haben Sie eine Ahnung, in welcher Zeit das gewesen sein müsste?«, wollte die Kommissarin wissen.

»Zum Glück konnte sich die Schwester des Herrn Adamski an das Verkaufsdatum erinnern«, antwortete der Kriminalrat. »Kinder hatte der Verstorbene keine.«

»Jetzt können wir nur hoffen, dass die Polizeikontrollen Erfolg haben«, brummte Doninger auf der Rückfahrt nach Baden-Baden vor sich hin.

»Oder die Behörden in Polen«, fügte Simone Mertens hinzu.

»Und manchmal kommt uns auch Kommissar Zufall zu Hilfe.« Der Kommissar grinste zu seiner Kollegin hinüber.

»Vielleicht haben wir Glück, und er treibt sich gerade in unserer Gegend herum«, sagte diese und grinste zurück.

Hauptkommissar Doninger hätte noch einen Spruch parat gehabt: »Die Hoffnung stirbt zuletzt!« Aber er behielt ihn dieses Mal für sich. Vor Jahren hatte er im Fernsehen einen spannenden Film mit diesem Titel gesehen, fiel ihm ein. Mit Anneke Kim Sarnau, Axel Prahl und Wotan Wilke Möhring in den Hauptrollen. Es ging um eine Mobbing-Kampagne gegen eine Polizistin. Ein aufwühlender Film! Er hatte national und international zahlreiche Preise eingeheimst.

Stattdessen gab er einen anderen Spruch zum Besten, der ihm gerade in den Sinn kam.

»Morgen ist auch noch ein Tag«, rief er und atmete tief durch.

Dem war nichts hinzuzufügen.

24

»Wieder ein Tag Büroarbeit«, grummelte Robert Doninger, als er an diesem trüben Morgen durch dichten Nebel nach Baden-Baden fuhr.

Zum Glück kannte er die Strecke gut, denn die Sicht war miserabel. Nichts zu sehen von den herbstlich gefärbten Blättern der Obstbäume, die manchmal im Sonnenlicht ein malerisches Bild zauberten. Kein Blick auf die Hügel mit den Rebstöcken und den prallen Riesling- und Spätburgundertrauben. Keine Aussicht auf die Vorberge des Schwarzwaldes mit den Kastanienbäumen und den Esskastanien, die seine Frau so schmackhaft zubereiten konnte. In Butter und Zucker glasierte »Keschde«, wie sie im Badischen und in der Pfalz hießen, zusammen mit Rotkraut als Beilage zu einem Fleischgericht, zu einer knusprig gebratenen Pute zum Beispiel. Oder als vegetarisches Gericht einfach mit Semmelknödeln. Und dann vielleicht noch Apfelkompott aus frischen heimischen Äpfeln dazu.

Allein die Vorstellung solch eines schmackhaften Essens ließ Doninger das Wasser im Mund zusammenlaufen und die trüben Gedanken an das miese Wetter und die ungeliebte Büroarbeit vergessen. Und er beschloss, seine Mannschaft demnächst zum Genießen dieser Köstlichkeiten zu sich nach Hause einzuladen. Er musste schmunzeln, als er daran dachte, wie sein Schulfreund, der Rechtsmediziner Doktor Seifert, kräftig zugelangt hatte, als es beim vorigen Mal Sauerbraten mit Kartoffelklößen gab. Auch Simone Mertens und Melanie Ams waren begeistert gewesen. Die Kommissarin hatte sogar die Rezepte gewollt!

Ob er dieses Mal den Kriminalrat einladen sollte? Seit dieser den Posten in Rastatt hatte, war er umgänglicher geworden. Der Kommissar wollte sich das überlegen.

»Morgenstund' hat Gold im Mund! Einen wunderschönen guten Morgen, meine Damen«, rief er bestens gelaunt, als er kurz danach das Büro in Baden-Baden betrat.

»Oho, was ist denn jetzt passiert? Hat Sie unterwegs die Muse geküsst?«, fragte Melanie Ams ganz verwundert.

»Das nicht, aber ich habe von einem wunderbaren Essen geträumt. Von glasierten Kastanien mit Rotkraut und einer knusprig gebratenen Pute«, schwärmte der Kommissar.

»Und soll ich es Ihnen verraten?« Doninger machte

eine kleine Pause und strahlte die Damen an: »Sie sind dazu herzlich eingeladen!«

»Wenn das kein guter Start in den Tag ist«, sagte Simone Mertens und lachte.

»Und wann steigt die Party?«, fragte sie gleich nach.

»Wie heißt es so schön? Demnächst in diesem Theater«, antwortete Doninger. »Ich muss das noch mit meiner Frau abklären.«

Pünktlich um zehn traf Herr Mast von der Polizeidirektion Offenburg ein. Simone Mertens musste unwillkürlich an den französischen Polizeibeamten in Haguenau denken, als er das Büro betrat. Er hatte die gleiche unscheinbare Gestalt wie damals dieser Capitaine de police, Monsieur Pascal Battistant, der ihnen im Kriminalfall mit dem Moorknaben behilflich gewesen war, schmächtig, mit Glatze und Brille, aber hellwachen Augen.

»Guten Morgen, mein Name ist Wolfgang Mast«, grüßte er und streckte allen die Hand hin. »Ich glaube, ich bin angemeldet.«

Das gleiche zarte Stimmchen wie der Capitaine, ging es der Kommissarin durch den Kopf. Und dann der sanfte Händedruck! Kein Vergleich mit der zupackenden Art einer Frau Doktor Kiesewetter, der Polizeipsychologin.

Dieses Mal musste sich Melanie Ams nicht hinter Aktenordnern verschanzen wie bei der Beamtin aus Karlsruhe. Diesen Händedruck konnte sie aushalten, das merkte sie gleich an der Reaktion ihres Chefs.

Der machte sich seine eigenen Gedanken. Sieht nach einem typischen Büromenschen aus, dachte Doninger bei sich. Doch er hatte es sich mit den Jahren angewöhnt, mit einer abschließenden Einschätzung abzuwarten. Er war gespannt darauf, was der Mann aus der Zentrale ihnen zu berichten hatte.

»Ich denke, Sie erwarten von mir keinen ausführlichen Vortrag über die komplette Sperrmüllproblematik, mit der die Polizei immer wieder konfrontiert wird«, sagte der Beamte, dem der skeptische Blick des Kommissars nicht entgangen war. »Sie wollen eher konkrete Hinweise bekommen, wie Sie Ihren Verdächtigen erwischen können, den Sie unter diesen Sperrmülltouristen zu finden hoffen. Sehe ich das richtig?«

»Vollkommen«, kam Doningers Antwort wie aus der Pistole geschossen. Er war sichtlich erleichtert, wie ihm anzumerken war. »Ich sehe, wir verstehen uns.«

Wolfgang Mast holte ein paar Zeitungsausschnitte aus seiner Aktentasche und legte sie auf den Schreibtisch.

»Aktuelles Informationsmaterial für Sie«, erklärte er, »die Blätter sind zurzeit voll mit Klagen über Sperrmülltourismus und Sperrmüllchaos, regional wie überregional. Erst heute Morgen kam ein neuer Bericht.«

Und dann kam der Experte der Polizeidirektion auf den konkreten Fall zu sprechen, den die Baden-Badener Kollegen zu lösen hatten. Von Kriminalrat Schaumann hatte er die wichtigsten Informationen hierzu erhalten.

»Schon seit einiger Zeit versuchen wir in Zusammenarbeit mit den Abfallwirtschaftsbetrieben, der Lage Herr zu werden, indem wir die Bevölkerung aufrufen, uns die Kennzeichen zusammen mit Ort, Datum und Uhrzeit mitzuteilen, wenn die Mülltouristen unterwegs sind«, berichtete Herr Mast. »Wir wollen mit dieser Aktion nicht die Kleinen erwischen, die nach einem Sessel, einem Bett oder einem alten Fernseher Ausschau halten. Das sind meistens arme Schlucker! Uns geht es vielmehr um die Leute, die gewerbsmäßig unterwegs sind. Oft sind es organisierte Sperrmüllbanden, hauptsächlich aus Osteuropa, die wie Heuschreckenschwärme über die Müllberge herfallen und ein Chaos hinterlassen.«

»Wie hoch ist die Erfolgsquote bisher?«, wollte Simone Mertens wissen.

»Minimal«, musste der Experte eingestehen. »Die organisierten Profis, auf die wir es abgesehen haben, operieren seither mit einer neuen Masche. Sie montieren alte, nicht mehr gebrauchte oder gar gestohlene Nummernschilder an ihre Autos und wechseln diese öfters aus, sodass Nachforschungen meistens ins Leere laufen.«

»Wie in unserem Fall«, brummte Doninger.

Als konkrete Hilfe für das Baden-Badener Team unterbreitete Herr Mast anschließend einen Vorschlag:

»Wir werden in Zusammenarbeit mit den umliegenden Polizeidirektionen über die Landratsämter alle Abfallwirtschaftsbetriebe bitten, sämtliche Sperrmülltermine den Polizeirevieren zu melden. Diese können dann die verfügbaren Streifenwagen gezielt einsetzen, um die infrage kommenden Kastenwagen zu überprüfen. Vielleicht finden wir in einem davon Ihre gesuchten Nummernschilder.«

»Das wäre ein Volltreffer«, meinte die Kommissarin.

»Wieder eine Nadel im Heuhaufen«, sagte Robert Doninger und seufzte. »Aber einen Versuch ist es wert.«

»Sie werden die Nadel finden, Chef!«, rief Melanie Ams. »Wenn nicht Sie, wer dann?«

»Unsere Kollegin zum Beispiel«, schlug der Kommissar als Alternative vor.

»Die ist natürlich im Team inbegriffen«, meinte die Sekretärin. »Ist doch klar, oder?«

»Klar wie Kloßbrühe«, zitierte Doninger einen seiner Sprüche.

»Klein, aber oho«, war Doningers Kommentar, als der Offenburger Kollege gegangen war.

»Aber Chef, Sie werden doch die Kleinen nicht diskriminieren wollen«, tat Melanie Ams entrüstet.

»Ich habe das anerkennend gemeint, wie Sie wissen, liebe Frau Ams«, rechtfertigte sich der Kommissar.

»Der Mann ist zwar klein und zierlich von Gestalt, aber er kennt sich in seinem Metier aus und kann sein Wissen auch knapp, aber präzise rüberbringen.« Simone Mertens versuchte, den Spruch ihres Kollegen damit zu erklären.

»Genau, so habe ich es gemeint«, sagte Doninger und lächelte.

»Hab ich doch alles schon gewusst«, rief die Sekretärin und richtete sich triumphierend in ihrem Bürostuhl auf. »Ich kenne doch meine Pappenheimer.«

»Das hat Schiller in seinem Drama ›Wallensteins Tod‹ auch gesagt«, meinte der Kommissar.

»Dieses Drama kenne ich nicht«, gestand Melanie Ams.

»Es gibt genug andere Dramen im Leben«, fügte sie nach einer Weile hinzu.

Und da mussten ihr Doninger und Simone Mertens recht geben.

25

Der Vorschlag, den der Experte aus der Polizeidirektion Offenburg unterbreitet hatte, könnte durchaus eine Chance auf Erfolg haben, musste Hauptkommissar Doninger bei der Lagebesprechung am nächsten Morgen eingestehen. Die Leute in den Streifenwagen konnten sich bei der Überprüfung der Kastenwagen auf die Fahrzeuge konzentrieren, auf die die Beschreibung der Zeugen passte. Es handelte sich danach um einen uralten Ford Transit, früher weiß, inzwischen mit vielen Rostflecken und einem ovalen Länderschild mit einem ›PL‹ auf der linken Hecktür.

Und bei jedem Tritt aufs Gaspedal kommt eine Rußwolke aus dem Auspuff, hatte der Zeuge Bernhard Kist aus Neusatzeck ausgesagt.

Darüber hinaus hatten die Ermittler ein weiteres heißes Eisen im Feuer. Die polnischen Behörden waren auf der Suche nach der Zulassungsstelle, in der das gesuchte Fahrzeug angemeldet worden war. Bei Erfolg könnten die Beamten auf das aktuelle Nummernschild und den neuen Halter des Wagens zurückgreifen und in ihre Suche einbeziehen. Der Kommissar ging davon aus, dass Fahrer und Halter nach den bisherigen Erkenntnissen identisch waren.

Simone Mertens befasste sich mit den Zeitungsausschnitten, die ihr Büro vom Offenburger Kollegen erhalten hatte.

»Da kann man schon das Grausen bekommen, wenn man das liest«, seufzte sie. »Mit den Sperrmülltouristen scheint es deutschlandweit Ärger zu geben.«

Zur Bestätigung nannte die Kommissarin einige Zeitungen Deutschlands, deren Artikel zu diesem Thema sie gerade vor sich hatte. Sie las einige Überschriften vor.

»Einige Landkreise haben darauf reagiert und die Abholung des Sperrmülls auf ein anderes System umgestellt«, wusste Melanie Ams zu berichten. »Dort gibt es ein- oder zweimal im Jahr sogenannte Sperrmüllkarten. Da muss man die Menge und die Art des Sperrmülls angeben. Die Gegenstände werden dann vom Entsorgungsunternehmen abgeholt. Der Termin wird mitgeteilt. Finde ich eine gute Lösung.«

»Macht aber die Entsorgung teurer. Das muss man fairerweise dazusagen«, fügte die Sekretärin hinzu.

»Im Sperrmüll wurde schon immer nach brauchbaren Gegenständen gewühlt«, mischte sich der Kommissar ein. »Ich finde es in Ordnung, wenn gut erhaltene Sachen eine Verwertung finden. In Heidelberg habe ich vor Jahren einen Studenten beobachtet, der einen riesigen Spiegel mit einem barocken Rahmen, den er im Sperrmüll gefunden hatte, in seine Wohnung getragen hat.«

»Wie ich aus den Zeitungsausschnitten sehe, haben die wirklichen Probleme erst begonnen, seit es den gewerbsmäßigen Sperrmülltourismus gibt, seit etwa zehn Jahren«, bemerkte Simone Mertens. »Diese organisierten Banden durchwühlen alles nach brauchbaren Dingen und hinterlassen eine riesige Sauerei. Kein Wunder, wenn sich die Anwohner aufregen. Von der Lärmbelästigung mal abgesehen.«

»Zum Glück müssen wir diese Probleme nicht lösen«, meinte der Kommissar, »da sind andere Leute zuständig. Dieser Wolfgang Mast zum Beispiel scheint mir in dieser Sache sehr kompetent zu sein.«

»Klein, aber oho, wie Sie gesagt haben«, rief Melanie Ams und grinste.

»Und wir werden alle Anstrengungen unternehmen, unseren Fall zu lösen«, sagte Doninger.

»Aber zuerst werden wir uns heute Abend das Essen munden lassen, zu dem ich Sie eingeladen habe.« Der Kommissar wechselte das Thema. »Ich freue mich, dass alle Zeit haben.«

»Sie haben sich heute Nachmittag freigenommen, habe ich gehört«, wusste Simone Mertens zu berichten.

»So ist es«, bestätigte der Kommissar lachend. »Ich muss noch in den Wald und die Kastanien auflesen.«

»Na, dann viel Erfolg!«, wünschte Frau Mertens. »Hoffentlich fangen Sie sich keine Zecke ein.«

»Kein Problem«, meinte Doninger und lachte. »Ich werde mich dann von Frau Ams behandeln lassen.«

»Ich glaube, Sie verwechseln da was«, rief die Sekretärin und schüttelte den Kopf. »Ich bin nicht vom Samariter-Hilfsdienst.«

»Also, meine Damen, bis heute Abend«, sagte er beim Gehen schmunzelnd. »Auf geht's, Herr Doninger, die Pute ruft!«

Kaum war die Tür zu, ging sie schon wieder auf. Der Kommissar streckte den Kopf ins Zimmer und erklärte mit einem breiten Grinsen: »Mit der Pute habe ich nicht meine Frau gemeint. Damit das klar ist!«

Sprach's und verschwand endgültig.

»Immer für klare Verhältnisse, unser Chef«, stellte Melanie Ams fest und freute sich auf den munteren Abend.

Wer schon einmal bei Doningers war, wusste, welche Schwierigkeiten es gab, das Haus zu finden. Die Straße, die auf der Adresse stand, verlief ziemlich weit unterhalb des Anwesens. Eine Zufahrt gab es nur von oberhalb, an der Burgruine Neuwindeck vorbei, über den Grimmes. Von dort führte eine schmale Sackgasse durch einen Kastanienwald bis zum Haus. Und wenn man auf dem holprigen Schotterweg dachte, da kommt nichts mehr, tat sich plötzlich eine Lichtung auf und man stand vor dem Haus am Waldrand. Bei klarer Sicht konnte man als Belohnung die Aussicht über die Rheinebene bis zu den Vogesen genießen.

Doch dieses Mal erwartete die Gäste ein anderer Genuss! Bei Doningers gab es eine gebratene Pute mit glasierten Edelkastanien, Rotkraut und Apfelkompott. Eine Leibspeise des Kommissars, zu der er seine Baden-Badener Mannschaft eingeladen hatte: Simone Mertens und Melanie Ams vom Kommissariat, dazu natürlich seinen Schulfreund und Rechtsmediziner Doktor Richard Seifert und zum ersten Mal auch seinen Chef, Kriminalrat Schaumann, der von Rastatt aus das gesamte Kommissariat leitete.

»Ich dachte schon, hier geht die Welt aus«, rief der Kriminalrat, als er aus dem Auto stieg.

Er atmete erst einmal tief durch und meinte: »Zum Glück hat Frau Ams die Lotsenfunktion übernommen, sonst wäre ich sonst wo gelandet. Da ist sogar das Navy überfordert.«

»Sie wären nicht der Erste, den ich nach einem telefonischen Hilferuf hierhergelotst hätte«, sagte der Hausherr und lachte. »Meistens machen wir den Parkplatz beim Friedhof als Treffpunkt aus. Von dort aus kann man das Haus wenigstens sehen.«

Simone Mertens war mit Doktor Seifert angereist. Sie war zwar schon mal hier gewesen, war sich aber nicht sicher, ob sie den Weg erneut gefunden hätte. Der Rechtsmediziner kannte sich aus. Er schätzte Gabi Doningers Kochkünste und den exzellenten Weinkeller seines Schulfreundes. Auch heute verschwand er gleich in der Küche und betätigte sich eifrig als Vorkoster.

»Wie das duftet!«, rief er und schnalzte in genießerischer Vorfreude mit der Zunge. »Ein Essen für die Götter!«

»Mir genügt's, wenn es den Gästen schmeckt«, meinte Gabi Doninger, »und einem Genießer, wie du einer bist, Richard.«

Sie sah gerade noch, wie er sich eine Kastanie aus dem Topf angelte und genussvoll in den Mund schob.

»Pass auf, die ist millionisch heiß!«, rief sie erschrocken.

Aber es war zu spät. Die Delikatesse war bereits in Richards Mund verschwunden. Der Mediziner hätte sie ausspucken können, um sich weitere Schmerzen zu ersparen. Aber dafür war ihm die edle Speise zu schade. Und so schlug er das heiße Stück mit der Zunge so lange im Mund umher, bis es einigermaßen gefahrlos in die Speiseröhre weiterwandern konnte. Die Grimassen, die er dabei schnitt, waren filmreif. Zur Kühlung spülte er ein Glas Wasser hinterher.

»Puh, das war heiß!«, sagte er und verdrehte dabei die Augen.

Aber das köstliche Essen ließ sich Doktor Seifert trotzdem schmecken. Bei den glasierten Kastanien ließ er allerdings Vorsicht walten. Und für alle Fälle hatte er sich etwas vom kühlen Apfelkompott auf den Teller getan. Man konnte ja nie wissen!

Simone Mertens' Augen leuchteten. Sie konnte es kaum glauben, was da alles auf dem festlich geschmückten Tisch stand: eine knusprig gebratene Pute, eine Terrine mit Soße, Schüsseln mit Rotkraut, glasierten Kastanien und Apfelkompott. Gabi Doninger hatte es an nichts fehlen lassen! Dazu gab es Semmelknödel. Die servierte sie vorsorglich dazu, weil sie schon Gäste hatten, die keine Kastanien mochten.

»Ich hatte keine Ahnung, dass glasierte Kastanien so gut schmecken«, musste die Kommissarin eingestehen. »Bis vor kurzem habe ich nicht einmal gewusst, dass es essbare Kastanien gibt. Als Kind haben wir im Herbst Rosskastanien zum Basteln gesammelt.«

»Wir sind mit ›Keschde‹ aufgewachsen«, sagte Melanie Ams, »die gibt's hier überall.«

»Die Pute ist vorzüglich, liebe Frau Doninger!«, meinte Kriminalrat Schaumann und legte ein weiteres Stück Fleisch auf seinen Teller. »Einfach köstlich.«

»Das Kompliment gebe ich gerne weiter«, erwiderte Gabi Doninger und lachte. »Für Geflügel ist mein Mann zuständig.«

»Sie machen doch einen Witz, oder?«, fragte Schaumann ungläubig.

»Nein, das stimmt«, klärte ihn Richard Seifert auf. »Wenn es im Hause Doninger irgendwelche Vögel gibt, ist der Robert gefragt. Seine Hähnchen vom Grill zum Beispiel kann ich wärmstens empfehlen.«

»Respekt, Respekt, Herr Kollege!«, lobte der Kriminalrat. »Das sind ja ganz neue Seiten an unserem Haupt-kommissar. Haben Sie das gewusst, meine Damen?«

»Woher auch?«, meinte Simone Mertens. »Im Büro kocht er höchstens Kaffee.«

»Ich wusste es auch nicht«, sagte Melanie Ams. »Aber es wundert mich nicht.«

»Wie sag ich immer? Nicht verzagen, Doninger fra-gen!«, fügte sie lachend hinzu.

Gabi Doninger war eine exzellente Köchin. Sie verstand es hervorragend, die herrlichsten Gerichte auf den Tisch zu zaubern. Nur mit dem Geflügel hatte sie ein Problem. Und das lag allein daran, dass sie diese nackten Vögel nicht anfassen konnte. Ja, sie ekelte sich sogar davor.

Deshalb war ihr Mann zuständig, wenn es im Hause Doninger Geflügel gab. Mit Hähnchen vom Grill hatte er angefangen, und bald wagte er sich an Ente, Pute und sogar Gans heran, alles frisch vom Geflügelhof in Ottersweier.

»Ein Prosit auf unsere Doningers!«, rief der Kriminal-rat und erhob sein Glas.

Ein köstlicher Wein, stellte er fest. Schluck für Schluck genoss er den edlen Tropfen. Nur schade, dass er noch Auto fahren musste. Dafür ließ er sich Gabi Doningers Apfelkompott umso besser munden.

Natürlich fragte Simone Mertens wieder nach den Rezepten, als sie sich mit den übrigen Gästen verab-schiedete. Vor allem nach der perfekten Zubereitung der knusprigen Pute und der glasierten Kastanien. Die wollte sie unbedingt ausprobieren.

»Essen ist einfach was Schönes«, stellte Robert Doninger fest, als er mit seiner Frau allein war. »Ich sag's immer: Ein Stück Kultur!«

»Und ein Stück Gemütlichkeit«, fügte Gabi Doninger hinzu.

»Die werden wir jetzt genießen«, sagte ihr Mann und goss beiden Wein nach.

26

In den nächsten Tagen kam sehr viel Bewegung in die Welt der Sperrmülltouristen. Sobald die Kastenwagen mit den überwiegend osteuropäischen Kennzeichen in den umliegenden Städten und Gemeinden in größerer Anzahl aufkreuzten, ließen sich Streifenwagen der Polizei blicken. Die Lage hatte sich schlagartig verändert. Es war fast wie in Ludwig Bechsteins bekanntem Märchen vom Wettlauf zwischen dem Hasen und dem Igel: Wo der Hase auch hinkam, der Igel war schon da! In diesem Fall waren es die Ordnungshüter.

Die Zusammenarbeit der Polizei mit den zuständigen Behörden schien zu funktionieren. Die meisten der Abfallwirtschaftsbetriebe hatten die Sperrmülltermine gemeldet, sodass die Polizei rechtzeitig vor Ort sein konnte. Und die Leute in den Polizeiautos beließen es nicht mit Zuschauen. Es gab Ausweiskontrollen, Fahrzeugkontrollen, Warenkontrollen – alles nicht nach dem Geschmack der Kastenwagenlenker. Manche fahruntüchtige Rostlaube wurde aus dem Verkehr gezogen, manches als gestohlen gemeldete Fahrrad beschlagnahmt.

Inzwischen war auch die örtliche Presse hellhörig geworden. Reporter der örtlichen Zeitungen erschienen vor Ort und berichteten über die Aktionen. Leute wurden befragt. Ihre Meinungen waren tags darauf in der Zeitung nachzulesen:

»Endlich geschieht mal was! – Wurde auch höchste Zeit! – Eine Sauerei mit dem Müll in der ganzen Gegend! – Sieht aus wie auf einem Schlachtfeld! – Und der Gestank der alten Rostlauben, nicht auszuhalten!«

Die Meinung der betroffenen Anwohner war eindeutig. Sie begrüßten den Polizeieinsatz überwiegend.

Es gab aber auch Stimmen, die die Aktion skeptisch betrachteten. »Da trifft man mal wieder die kleinen Fische. – Da sind viele Arme dabei, die sich was zuverdienen wollen. – Die organisierten Banden sind längst an anderen Orten unterwegs.«

Und als Beweis wurde ein junges Paar aus Ungarn auf der Suche nach gut erhaltenem Mobiliar gezeigt. Zwei fast neuwertige Matratzen hatten sie bereits gefunden. Fehlte nur ein passendes Bettgestell!

»Wir wollen uns eine Wohnung einrichten«, erklärten sie dem Reporter, »wir sind keine Profi-Sammler.«

Auch ein Team vom SWR3-Fernsehen hatte sich eingefunden und zeichnete für die Abendschau einen Beitrag auf.

»Der Andrang hält sich heute in Grenzen«, erzählte ein junger Pole, »die Profis haben von der Polizeiaktion schnell Wind bekommen und ihr Einsatzgebiet verlagert. Die sind doch alle vernetzt!«

Und dann erklärte er seine Situation. Er hatte vor zwei Jahren seine Arbeit bei einer deutschen Firma in Tschechien verloren. Eine neue Stelle war nicht in Aussicht. Um zu überleben, sammle er Sperrmüll, den er in seiner Heimat auf Flohmärkten verkaufe.

Einig waren sich alle Verantwortlichen in der Beurteilung der Lage: Eine wirkungsvolle Verbesserung in Sachen Sperrmülltourismus könnte nur erreicht werden, wenn der Polizei ein Schlag gegen die organisierten Clans gelänge. Diese begnügten sich nämlich nicht nur mit dem Durchwühlen der Müllberge nach brauchbaren Sachen. Sie nahmen auch mit, was in der Gegend herumstand und nicht niet- und nagelfest verankert war. Um ihnen auf die Pelle rücken zu können, müssten die Diebstähle von den Geschädigten zur Anzeige gebracht und die Sammellager der Clans ausfindig gemacht werden.

Bald zeigte sich ein erster Erfolg. Aus der Bevölkerung gingen in den nächsten Tagen aufgrund der Berichterstattung in den Medien Hinweise auf zwei Treffpunkte ein, wo sich professionelle Sperrmülljäger versammelt hatten. Zum einen war das ein Parkplatz vor einem Anglerheim direkt am Rhein, zum anderen ein Parkplatz bei einem Sportgelände. Die genauen Ortsangaben wurden von der Polizei geheim gehalten. Man wollte die Mitglieder dieser Clans, die in der Karlsruher Gegend und der angrenzenden Pfalz auf Tour waren, überraschen. Deshalb sollten auch neutrale Dienstwagen zum Einsatz kommen.

Der Überraschungscoup gelang. Wie aus heiterem Himmel tauchten plötzlich überall Autos auf und versperrten sämtliche Fluchtwege. Dann schwärmten die Beamten in Zivil aus. Die Polizei konnte einiges Diebesgut unter den gesammelten Waren ausfindig machen und sicherstellen. Auch die Personalien wurden überprüft. Die Begeisterung der Ertappten hielt sich dabei in Grenzen. So viele Flüche auf Polnisch bekamen die Männer und Frauen der Polizeireviere selten zu hören.

»Verdammt! Alles wegen Leiche!«, waren auch ein paar deutsche Brocken darunter. »Verdammtes Arschloch!«

Das war nicht als Beamtenbeleidigung gedacht, dieser Kraftausdruck galt eher dem Landsmann, der seit dem Leichenfund untergetaucht war. Er schien ihnen die Ursache für diesen Einsatz zu sein.

Die schärferen Kontrollen der Polizei wurden von den Betroffenen mit den Vorgängen rund um den Sandsee in Zusammenhang gebracht, was ja auch nicht von der Hand zu weisen war. Ihre Wut über den Unglücksfahrer war deutlich zu spüren. Jetzt hatten sie den Salat und die Polizei am Hals!

»Aber unser Lieferwagen samt Fahrer war mal wieder nicht dabei«, stellte Hauptkommissar Doninger fest, als er am nächsten Morgen von der Aktion erfuhr. »Erfolg hin, Erfolg her, aber uns interessiert nur dieser eine Mann, der für die Mädchenleiche am Sandsee verantwortlich ist.«

»Der wird sich hüten, mit seiner Schrottkiste in unserer Gegend umherzugondeln«, meinte seine Kollegin Simone Mertens. »Vielleicht hat er sich längst nach Polen abgesetzt.«

»Mag sein«, gab der Kommissar zu, »mit Sicherheit hält er sich von den Kontrollen fern.«

»Wenn er schlau ist«, seufzte die Kommissarin.

»Irgendwann schnappt jede Falle zu«, rief Melanie Ams.

»Wie heißt es so schön? Kommt Zeit, kommt Rat, kommt Doninger!«, fügte sie lachend hinzu.

Das Telefon klingelte. Kriminalrat Schaumann von der Rastatter Zentrale war am Apparat. Er meldete einen Leichenfund des zuständigen Polizeireviers Gaggenau an der Schwarzenbacher Talsperre. Alles deutete auf einen Selbstmord hin. Aber die Kollegen vor Ort vom Polizeirevier Gaggenau waren sich nicht ganz sicher und hatten das Kriminalkommissariat in Rastatt verständigt.

»Schauen Sie mal nach, Sie kennen sich dort aus«, lautete Schaumanns Auftrag. »Polizeihauptmeister Eugen Seifermann erwartet Sie.«

»Darf ich Sie mal wieder zu einer Schwarzwald-fahrt einladen?«, fragte Doninger seine Kollegin und grinste.

Er erinnerte sich gut daran, dass Simone Mertens' erster Diensttag in Baden-Baden genauso begonnen hatte. Damals war auf dem Hochkopf im Hochmoor die Leiche eines 13-jährigen Jungen gefunden worden. ›Der Knabe im Moor‹ hatten sie ihn genannt in Anlehnung an die gleichnamige Ballade von Annette von Droste-Hülshoff.

»Der Schwarzwald scheint mittlerweile meine zweite Heimat zu werden«, sagte Simone Mertens und lachte. »Das ist schon meine vierte Leiche auf Schwarzwalds Höhen.«

»Wie fängt das Lied an, das Sie manchmal singen, Herr Kollege?«, fiel ihr plötzlich ein.

»Sie meinen wohl: ›O Schwarzwald, o Heimat, wie bist du so schön!‹«, half ihr der Kommissar auf die Sprünge.

»Bingo, genau das meine ich«, rief die Kommissarin.

Melanie Ams fand das gar nicht so lustig. Gewiss, der Schwarzwald war wirklich schön. Aber immerhin war erneut eine Leiche aufgetaucht, und das fand sie alles andere als schön.

»Sie werden doch jetzt nicht singen!«, sagte sie und sah ihren Chef entrüstet an. »Wir haben eine Leiche.«

»Leichen sind nirgends schön«, pflichtete ihr der Kommissar bei. »Aber auf den Höhen des Schwarz-walds zu ermitteln, das ist schön«, ergänzte er.

Und dem war wohl nichts hinzuzufügen, das musste Melanie Ams zugeben.

27

Die Strecke kannten sie inzwischen auswendig. Auf Sand ging es links in Richtung Herrenwies. Und dann kam sie auch schon, die Schwarzenbachtalsperre. Zunächst zwei Kilometer den Stausee entlang bis vor an die Staumauer, mit ihren 400 Metern Länge und 65 Metern Höhe ein imposantes Bauwerk der Ingenieurtechnik vom Anfang des 20. Jahrhunderts. Es war damals die erste Gussbetontalsperre in Deutschland. Äußerlich waren nur die großen Granitquader zu sehen, zu deren Gewinnung extra ein Steinbruch eingerichtet worden war.

Die Kommissarin hatte sich darüber einige Informationen im Internet verschafft. Jetzt konnte sie ihren Kollegen mit ihrem Wissen überraschen.

»Respekt, Respekt«, meinte Doninger und schmunzelte, »ich sehe, Sie kennen sich aus.«

Polizeihauptmeister Seifermann vom Gaggenauer Polizeirevier empfing die Baden-Badener Kommissare am Eingang zur Staumauer.

»Der Tote liegt unten im Tosbecken vor dem Grundablass«, erklärte er.

»Was ein Grundablass bei einem Staudamm ist, kann ich mir vorstellen«, meinte die Kommissarin. »Was aber ist ein Tosbecken?«

Polizeihauptmeister Seifermann konnte es ihr erklären: »Stellen Sie sich vor, Sie würden bei diesem Riesenstausee die Tore des Grundablasses öffnen. Da würden die Wassermassen zu Tale schießen und alles mitreißen, was ihnen im Weg steht.«

»Im Tosbecken wird demnach die erste Wucht aufgefangen und entschleunigt weitergeleitet«, spann Simone Mertens den Faden weiter.

»Genau, und in diesem Tosbecken liegt eine männliche Leiche«, sagte der Gaggenauer Kollege.

Der Polizist kannte den Weg dorthin. Sie folgten ein paar Hundert Meter der Straße, die hinab ins Murgtal führte. In einer scharfen Rechtskurve zweigte links ein Weg ab in Richtung Staumauer. Dort erwartete sie ein weiterer Kollege des Gaggenauer Reviers. Auch ein Vertreter des Betreibers war inzwischen eingetroffen.

»Lennart Petersen vom EnBW Kraftwerk Forbach«, stellte er sich vor.

»Ein schrecklicher Vorfall«, fügte er hinzu und schüttelte den Kopf.

Der Anblick, der sich ihnen bot, war tatsächlich nichts für schwache Nerven. Der zerschmetterte Körper lag in einer riesigen Blutlache.

»Wer hat die Leiche gefunden?«, fragte der Kommissar, nachdem er einmal kräftig durchgeatmet hatte.

»Unser Arbeiter Josef Karcher«, antwortete Herr Petersen, »er sollte an diesem Morgen die notwendigen Mäharbeiten hier unten erledigen.«

»Und wo ist der Mann?«, wollte Doninger wissen.

»Im Krankenhaus in Forbach. Er steht unter Schock und wird ärztlich behandelt«, erklärte der Polizeihauptmeister.

»Er hat bei uns im Werk angerufen, und wir haben die Polizei verständigt«, sagte Herr Petersen.

»Wir gingen zunächst von einem Selbstmord aus«, berichtete Hauptmeister Seifermann, »aber wir waren uns nicht sicher. Der Tote hatte keine Papiere bei sich. Und dann sind da diese sonderbaren Flecken am Hals. Ob die von dem Sturz herrühren? Zweifelhaft, oder?«

»Sie haben alles richtig gemacht«, lobte der Kriminalkommissar, »der Fall scheint tatsächlich komplizierter zu sein.«

Seine Kollegin Mertens rief im Kommissariat an. Jetzt musste die Spurensicherung her und natürlich der Rechtsmediziner Doktor Richard Seifert. Sie wollten auf Nummer sicher gehen.

»Ein imposantes Bauwerk!« Die Kommissarin stand staunend da und blickte die riesige Mauer hoch.

Auch Doninger war beeindruckt. Von hier unten

hatte er das Stauwehr noch nie gesehen, obwohl er schon öfters am Stausee war.

»Einfach großartig!«, meinte er.

»Von 1922 bis 1926 erbaut«, wusste Herr Petersen zu berichten. »In der Hauptzeit waren 2.000 Arbeiter aus vielen Ländern am Werk.«

Kurze Zeit später waren die Leute der Spurensicherung in Aktion. Auch Doktor Seifert war eingetroffen und untersuchte den Toten.

»Wie sieht's aus, Richard, lässt sich schon Genaueres sagen?«, wollte Doninger wissen.

Wenn es um Ergebnisse ging, konnte der Kommissar ziemlich ungeduldig sein. Der Rechtsmediziner kannte seinen Freund lange genug.

»Also, ein Suizid scheint es nicht zu sein. Der Lage nach ist der Mann mit dem Kopf nach unten gefallen. Ein Selbstmörder macht keinen Kopfsprung. Und um eine Katze handelt es sich auch nicht, wie man sieht.«

»Was hat denn eine Katze mit dem Fall zu tun?« Der Kommissar blickte den Rechtsmediziner leicht irritiert an.

»Gar nichts«, antwortete Doktor Seifert. »Ich wollte damit nur sagen, dass einer bei einem Kopfsprung auch mit dem Kopf voran landet. Eine Katze dagegen landet immer auf den Füßen, egal, wie sie fällt. Hast du das gewusst?«

»Nein, aber jetzt bin ich schlauer«, musste Doninger zugeben.

»Also, zu unserem Toten. So wie es aussieht, wurde

der Mann gewürgt oder erwürgt und später die Mauer hinuntergeworfen«, sagte Doktor Seifert. »Welche Verletzungen vom Sturz herrühren, muss ich untersuchen. Die schwere Verletzung am Hinterkopf könnte die Todesursache gewesen sein. Genaueres kann ich erst sagen, wenn ich den Toten auf meinem Tisch hatte.«

»Das ist doch schon mal was«, stellte die Kommissarin fest, »unsere Kollegen aus Gaggenau hatten den richtigen Riecher.«

»Gute Arbeit!« Dieses Lob Doningers galt allen Beteiligten.

Anschließend wollten sich Hauptkommissar Doninger und seine Kollegin auf der Mauer umsehen. Auch dort war die Spurensicherung bereits am Werk. Vielleicht gab es erste Ergebnisse.

»Wie wär's mit einem Fußmarsch nach oben?«, fragte Doninger die Kollegin.

Er hatte bemerkt, dass auf beiden Seiten des Tales ein schmaler Grasweg den Hang hinauf zum Stausee führte.

»Nichts lieber als das«, antwortete Simone Mertens und lief leichtfüßig voran, sodass der Kommissar Mühe hatte, ihr zu folgen.

»Wir wollen keinen olympischen Rekord aufstellen, oder?«, keuchte er nach einigen Metern.

»Das gerade nicht, aber da oben riecht's nach Kaffee«, rief die Kollegin und spurtete weiter.

»Keine Chance«, japste Doninger, »das Schwarzenbach-Hotel ist seit 2011 geschlossen.«

»Aber ich habe einen Kiosk gesehen«, meinte die Kommissarin, »da gibt's bestimmt auch Kaffee.«

Sie hatte sich nicht getäuscht.

An der Mauer oberhalb des Tosbeckens hatten die Kollegen der Spurensicherung ein paar graue Textilfasern entdecken können. Ob sie von der Kleidung des Toten stammten, musste im Labor untersucht werden. Fingerabdrücke gab es zwar zuhauf, aber die konnten von allen möglichen Besuchern stammen, die einen Blick nach unten werfen wollten.

»Wir müssen die Berichte abwarten«, sagte Simone Mertens, »spätestens morgen haben wir sie auf dem Tisch.«

»Dann werden wir versuchen, ob der Arbeiter, der die Leiche gefunden hat, vernehmungsfähig ist«, schlug der Kommissar vor, »nach Forbach ist es nicht weit.«

Im Murgtal angekommen, bogen sie auf die B 462 in Richtung Forbach ab.

»Wie die Schwarzwaldhochstraße hat auch diese einen besonderen Namen«, sagte Doninger, »kennen Sie den?«

»Nicht dass ich wüsste. Aber ich werde ihn bestimmt von Ihnen erfahren«, erwiderte die Kommissarin und lachte.

»Wir fahren auf der Schwarzwaldtälerstraße«, belehrte sie der Kollege.

Und da der Kommissar gerade am Dozieren war, machte er die Kollegin gleich darauf aufmerksam, was sie in Forbach erwartete.

»Dort führt eine überdachte historische Holzbrücke über die Murg, die größte ihrer Art in Europa, und das schon seit dem Jahr 1788«, erklärte er.

»So lange steht die schon?«, wunderte sich Frau Mertens.

»Die heutige nicht«, gab der Kommissar zu. »Nach 1945 war sie baufällig geworden, wurde 1954 abgerissen und ein Jahr darauf originalgetreu wieder aufgebaut.«

Josef Karcher hatte sich im Krankenhaus in Forbach einigermaßen erholt, musste aber zur weiteren Beobachtung ein oder zwei Tage bleiben.

»Sie können kurz mit ihm sprechen«, meinte der behandelnde Arzt, »aber wirklich nur kurz. Ein Schock ist nicht zu unterschätzen.«

Der Anblick des Arbeiters schien das zu bestätigen. Josef Karcher sah mitgenommen aus. Er schilderte den Verlauf des Morgens, wie er mit der Motorsense den Weg vom Kiosk hinunter freigemäht und unten im Tosbecken die Leiche entdeckt hatte.

»Stellen Sie sich vor: Da will man eine Pause machen, will sich an die Mauer lehnen und sieht einen Mann in einer Blutlache liegen«, brachte er mit Mühe hervor.

»Ist Ihnen noch was aufgefallen?«, fragte die Kommissarin vorsichtig.

Der Arbeiter dachte angestrengt nach. Dann schüttelte er den Kopf.

»Da war sonst niemand«, flüsterte er, »ich weiß nur noch, dass ich mit dem Handy im Werk angerufen habe.«

Das Team aus Baden-Baden musste jeder Spur nachgehen. Es wäre ja möglich gewesen, dass der Arbeiter irgendeine Beobachtung gemacht hätte, die für ihre Ermittlungen von Bedeutung sein könnte. Aber so mussten sie sich auf die Berichte des Polizeireviers Gaggenau, der KTU und des Rechtsmediziners verlassen.

»Übrigens, das mit der Katze habe ich gewusst«, sagte Simone Mertens plötzlich, als sie das Krankenhaus verließen.

»Hat also der Richard nicht geflunkert«, brummte der Kommissar, »bei dem weiß man das nie so genau.«

»Nein, eine Katze landet tatsächlich immer auf den Beinen«, bestätigte die Kollegin.

Und dann erzählte sie von ihrer Katze, die sie als kleines Mädchen hatte. Sie hieß Susi und war in Köln aus dem Küchenfenster im zweiten Stock gefallen. Alle dachten an das Schlimmste. Drei Tage lang lag die Katze auf dem Sofa und rührte sich nicht. Danach war sie munter wie zuvor. Der Tierarzt hatte die gleiche Erklärung wie Doktor Seifert.

»Man lernt nie aus«, murmelte Doninger in sich hinein.

Vom Krankenhaus aus führte ein direkter Weg nach Baden-Baden. Simone Mertens kannte die Strecke bereits. Die schmale Straße ging in Serpentinen zur Roten Lache hoch und anschließend nicht ganz so kurvenreich nach Baden-Baden hinunter. Nur waren sie das letzte Mal in umgekehrter Richtung gefahren. Vom Murgtal aus bergauf kam sie der Kommissarin weniger halsbrecherisch vor.

»Na, heute nichts mit Festklammern am Haltegriff?«, fragte Doninger und grinste.

»Die Bemerkung musste ja kommen«, meinte die Kollegin, »aber bergauf habe ich keine Probleme mit Ihren Fahrkünsten.«

Gut gekontert, dachte der Kommissar und steuerte nachdenklich auf Baden-Baden zu.

28

Das Protokoll der Kollegen des Polizeireviers Gaggenau und der Bericht der kriminaltechnischen Untersuchung lagen am nächsten Morgen vor.

»Das Gaggenauer Polizeirevier liegt in der Unimogstraße.« Simone Mertens wunderte sich. »Ein Fahrzeugtyp als Straßenname! Das habe ich noch nirgends erlebt. Vielleicht gibt's auch eine Omnibus- und eine Motorradstraße.«

Melanie Ams sah der Kommissarin an, wie sie sich darüber amüsierte. Die Sekretärin kannte sich aber mit Unimogs aus.

»Das mit der Unimogstraße in Gaggenau macht schon Sinn«, sagte sie. »Von 1951 bis 2002 wurde der Unimog von Daimler-Benz im LKW-Werk in Gaggenau gebaut. Der Unimog gehörte lange Jahre zum Straßenbild. Es war ein Allzweckfahrzeug. Ab 2002 wurde die Produktion nach Wörth am Rhein verlagert.«

»Dieses Wörth, das nicht weit weg von Karlsruhe am linken Rheinufer liegt?«, fragte Simone Mertens.

»Genau. Es gehört zum Landkreis Germersheim und damit zu Rheinland-Pfalz«, ergänzte Melanie Ams.

Und dann erzählte sie, woher sie das alles wusste. Sie hatte vor kurzem das Unimog-Museum in Gaggenau besucht und über die Vielfalt der Typen und Einsatzmöglichkeiten dieses Fahrzeugs gestaunt.

»Die Baureihe 411 aus dem Jahr 1956 habe heute Kultstatus, hat man mir erzählt«, berichtete sie. »Einen Besuch ist das allemal wert.«

Die Kommissarin interessierte sich für Fahrzeuge weniger, egal, was für Typen und Baureihen das waren. Doch sie merkte, wie sich die Kollegin für das Thema begeistern konnte, und wollte ihr die Freude lassen.

»Das hört sich ziemlich interessant an«, meinte sie. »Mal sehen, ob das Protokoll auch so interessant ist.«

In dem Bericht konnte sie nur das lesen, was sie bereits wusste. Aber das war nicht anders zu erwarten. Das hatten Protokolle so an sich. Im vorliegenden Fall die gestrigen Vorgänge nach dem Leichenfund an der Talsperre.

Über die Identität des Toten hatten sie nichts in Erfahrung gebracht. Die Sekretärin hatte am gestrigen Tag auf allen möglichen Kanälen nachgefragt, ob irgendwo ein Mann vermisst würde. Fehlanzeige! Keine Beschreibung passte zur Person.

»Vielleicht ist der Bericht der KTU etwas ergiebiger«, seufzte Simone Mertens und blätterte die Seiten durch.

Auch darin war nichts Neues zu entdecken. An so einem Ausflugsziel die Fußspuren und Fingerabdrücke Personen zuordnen zu können, war schier unmöglich. Vom Toten selbst, das stand so gut wie fest, waren keine dabei. Auch nicht an der Absturzstelle. Demnach war er nicht über die Mauer geklettert. Ein Selbstmord war also auszuschließen. Aber ganz umsonst war die Arbeit der Spusi dann doch nicht. Die Textilfasern, die auf der Mauer gefunden wurden, waren aus Polyprophylen und stammten mit großer Wahrscheinlichkeit von einer grauen Packdecke, wie man sie beim Transport von Möbeln zum Abdecken verwendete.

»Vielleicht wurde darin die Leiche eingewickelt?«, murmelte die Kommissarin.

Sie wollte das mit ihrem Kollegen besprechen.

»Wo bleibt eigentlich unser Chef heute?«, fragte die Kommissarin plötzlich, »der ist doch sonst immer die Pünktlichkeit in Person.«

»Der sitzt höchstwahrscheinlich noch beim Zahnarzt«, antwortete Melanie Ams.

»Gestern war ihm aber nichts von Zahnschmerzen anzumerken«, meinte die Kollegin.

»Da hatte er auch noch keine Pizza mit schwarzen Oliven gegessen.« Die Sekretärin konnte sich ein leichtes Grinsen nicht verkneifen. »Und jetzt fehlt vorne ein Stück vom Schneidezahn.«

»Ach, der Arme«, sagte Simone Mertens, »jetzt lispelt er womöglich durch die Zahnlücke.«

»Genau, und um uns dieses einmalige Erlebnis vorzuenthalten, ist er gleich heute Morgen zum Zahnarzt geeilt«, rief Melanie Ams. »Ist doch schade, oder?«

»Was ist schade?«, ertönte plötzlich eine bekannte Stimme.

Der Kommissar stand in der Tür und schaute die Sekretärin fragend an.

»Dass … dass … dass Sie einen Zahn verloren haben«, stotterte diese erschrocken.

»Halb so schlimm«, meinte Doninger, »war schon in der Werkstatt. Schauen Sie, nichts mehr zu sehen.«

Und mit leichtem Grinsen zeigte er den Damen sein repariertes Gebiss. Dann ließ er sich über die vorliegenden Fakten unterrichten.

»Und was hat unser Rechtsmediziner Neues zu vermelden?«, wollte er wissen.

»Da liegt noch nichts vor«, musste Simone Mertens eingestehen.

»Was?«, rief der Kommissar empört. »Wie heißt es so schön: ›Ist die Katze aus dem Haus, tanzt die Maus.‹ Der denkt wohl, wenn der Alte nicht da ist, eilt es nicht.«

Und nach einem kurzen Atemholen fügte er hinzu: »Kommen Sie, Frau Mertens, dem lieben Richard werden wir mal auf die Sprünge helfen.«

Aber der liebe Richard war nicht in seinem Institut. Nur seine Mitarbeiterin Frau Doktor Ilse Huth war anzutreffen.

»Der Chef hält heute einen Vortrag in der Uni Freiburg, Sie müssen sich etwas gedulden«, meinte sie lapidar.

»Der hat Nerven!«, posaunte der Kommissar. »Unterhält seine Studenten mit flotten Sprüchen, und wir warten auf Ergebnisse in einem mysteriösen Mordfall.«

»Aber Herr Doninger, was regen Sie sich auf?«, versuchte ihn die Mitarbeiterin zu beruhigen, »denken Sie immer daran: Nach eins kommt zwei. Und jetzt ist der Herr Doktor Seifert in der Uni, und dann sehen wir weiter.«

Hauptkommissar Doninger konnte sich kaum beruhigen. Er hatte einen Mordfall aufzuklären, und der Herr Professor dozierte an der Uni. Das gab er auch lauthals zu verstehen.

»Kann ich Ihnen weiterhelfen?«, fragte Frau Huth schließlich. »Immerhin arbeite ich mit Herrn Doktor Seifert zusammen.

»Bestimmt wissen Sie über seine Ergebnisse genauso Bescheid«, sagte die Kommissarin und lächelte Seiferts Mitarbeiterin gewinnend an.

So war es auch. Frau Doktor Ilse Huth konnte über die Ermittlungsergebnisse genau und umfassend berichten.

»Also schauen wir uns den Fall genau an«, begann sie. »Die Würgemale am Hals haben nachweislich nicht zum Tod geführt. Der Mann hat danach mit einem bisher nicht identifizierten kantigen Gegenstand einen Schlag auf den Hinterkopf erhalten, der wahrscheinlich tödlich war. Jedenfalls sind die Würgemale am Hals und die Wunde am Hinterkopf älter als die Verwundungen durch den Fall von der Stauseemauer hinunter in das Tosbecken.«

»Und nun kommt der springende Punkt der ganzen Untersuchung«, fuhr sie nach einer kurzen Verschnaufpause triumphierend fort. »Die Fingerabdrücke und DNA-Werte des Opfers sind registriert!«

Darauf war das ermittelnde Team aus Baden-Baden nicht vorbereitet. Das hatten Doninger und seine Kollegin nie und nimmer erwartet.

»Chapeau!«, konnte Doninger nur sagen. »Ein Hoch auf die Rechtsmedizin!«

Und so erfuhren sie, dass es sich bei dem Toten um einen Antoni Majewski handelte, der bei einer Razzia in der Nähe von Gaggenau erwischt worden war, bei der es um diverse Diebstähle gegangen war.

»Das war in einer Scheune in Richtung Michelbach, die von einigen Mitgliedern einer Sperrmüllbande von einem ahnungslosen Bauern angemietet worden war und als Umschlagplatz gedient hatte. Der Bauer war aus allen Wolken gefallen, als er von den Machenschaften seiner Mieter erfahren hatte.«

Die Kommissarin erinnerte sich an die Aussage des Herrenwieser Jägers Alois Schlegel, der bei ihrem Gespräch einen Umschlagplatz im Murgtal vermutet hatte.

»Antoni Majewski«, überlegte der Kommissar, »hört sich polnisch an. Und mit dem Sperrmülltourismus hatte der zu tun? Vielleicht gibt es Verbindungen zu unserem Mordfall am Sandsee.«

»Vielleicht bringt unser Kriminalrat in Rastatt Licht ins Dunkel«, überlegte die Kommissarin, »der hat doch Verbindungen mit Polen seit seinem letzten Urlaub.«

»Richtig! Bestimmt kann ihm sein Duzfreund Janusz Kasprowicz von der Kripo Danzig weiterhelfen. Der Mann muss ja irgendwo in Polen registriert sein«, gab Doninger zu bedenken.

»Und wer weiß? Es könnte ja sein, dass der in Verbindung mit unserem Kastenwagenfahrer vom Sandsee steht«, spann Simone Mertens den Faden fort.

»Das wär zu schön, um wahr zu sein!«, rief der Kommissar und sah die Lösung beider Fälle in greifbarer Nähe.

Jedenfalls bedankte er sich bei der Kollegin.

»Sie waren uns eine große Hilfe«, sagte er galant, »Sie haben Ihren Chef total vergessen lassen.«

»Aber grüßen Sie ihn recht schön«, fügte er hinzu, denn er war sein Freund, und diese Freundschaft wollte er nicht aufs Spiel setzen.

»Ein Apfelstrudel mit Vanilleeis am Leopoldsplatz müsste heute drin sein, Chef, oder?«, fragte Simone Mertens vorsichtig an.

»Den haben wir uns verdient«, entschied der Kommissar und steuerte vergnügt auf den Baden-Badener Platz zu.

29

Kriminalrat Schaumann war wieder in seinem Element. Polizeiarbeit über die Grenzen hinweg gehörte zu seinen Lieblingsaufgaben. Seine Urlaubsfahrten ins europäische Ausland verband er mit dem Knüpfen von Kontakten mit den jeweiligen Polizeibehörden. So war er mit Janusz Kasprowicz von der Kripo Danzig gut bekannt und konnte vielleicht Näheres über den toten Antoni Majewski in Erfahrung bringen.

Hauptkommissar Doninger wollte sich die Scheune im Murgtal genauer anschauen und ihren Besitzer interviewen. Seine Kollegin Mertens sollte derweil den Bauernhof aufsuchen, auf dem der Pole einige Zeit als Erntehelfer gearbeitet haben könnte. Jedenfalls hatte er diese Adresse bei der Razzia als Unterkunft angegeben.

Das Gespräch mit Polen brachte gleich einen ersten Erfolg. Janusz Kasprowicz konnte anhand der Angaben die Adresse des Toten ausfindig machen. Demnach stammte er aus einer Landgemeinde des Landkreises Slupsk.

»Der Ort heißt Kobylnica und hat etwa 4.000 Einwohner«, sagte er. »Der deutsche Name ist Kublitz.«

Der Danziger Beamte versprach, dafür zu sorgen, dass die Angehörigen vom Tod ihres Verwandten benachrichtigt wurden. Auch wollte er über die Lebensumstände und das Umfeld Näheres in Erfahrung bringen.

»Und veranlassen Sie bitte, dass ein naher Verwandter anreist, um den Toten zu identifizieren. Die Auslagen übernehmen wir«, bat der Kriminalrat abschließend, nachdem er sich für die gute Zusammenarbeit bedankt hatte.

Hauptkommissar Doninger war in Gaggenau auf die Straße nach Michelbach abgebogen. Melanie Ams hatte inzwischen mit dem Besitzer der Scheune telefoniert, der den Kommissar auf einem Parkplatz erwarten wollte.

»Herr Scherrmann? Doninger ist mein Name, vom Kriminalkommissariat Rastatt, derzeit in Baden-Baden. Schön, dass Sie sich Zeit für mich nehmen«, sagte der Kommissar und schüttelte die Hand seines Gegenübers.

»Eine missliche Sache für mich«, meinte Benno Scherrmann, »ich hatte keine Ahnung vom Treiben dieser Burschen. Sie wollten hier nur Waren lagern, die zum Verkauf gedacht waren, sagten sie. Ich bin aus allen Wolken gefallen, als eines Tages plötzlich die Polizei mit einem Großaufgebot auftauchte.«

»In Wahrheit war das ein Zwischenlager für den Abtransport von Sperrmüll in osteuropäische Länder. Die Polizei hatte einen Tipp bekommen. Wie sich herausstellte, waren gestohlene Sachen dabei«, erklärte Doninger.

»Die Scheune stand leer, seit ich die Landwirtschaft nur noch als Nebenerwerb betreibe. Und die paar Euro Miete sind besser als nichts, dachte ich«, sagte der Vermieter, »man muss doch sehen, wo man bleibt.«

Der Kommissar sah sich im leeren Gebäude um. Nichts mehr auszumachen, was auf die zeitweise Nutzung als Warenumschlagplatz hindeutete. Trotzdem holte er sich die Erlaubnis ein, dass sich die Spurensicherung erneut umsehen dürfe.

»Vielleicht ist da oder dort eine Spur zu entdecken, die uns weiterhilft. Vielleicht ein Fingerabdruck oder so«, erklärte er.

Der Bauernhof, den Simone Mertens ansteuerte, gehörte zur Gemeinde Sasbachwalden. Er lag etwas außerhalb in Richtung Lauf und hatte sich auf Reben und Kirschbäume spezialisiert. Die Traubenernte wurde an die Winzergenossenschaft abgeliefert, die daraus die weithin bekannte Weinmarke »Alde Gott« kelterte. Aus der Maische der reifen Kirschen stellte der Landwirt Heinrich Zimmer in der eigenen Schnapsbrennerei den Hochprozentigen her, der von den Wanderern und Feriengästen am Schnapsbrunnen vor dem Haus probiert und im Hofladen gekauft werden konnte. Beliebt in der Gegend war auch der Eierlikör, der mit dem edlen Kirschbrand verfeinert wurde und köstlich schmeckte.

Sasbachwalden gehörte zum Ortenaukreis und damit nicht mehr ins Zuständigkeitsgebiet der Baden-Badener Kommissare. Deshalb hatte sich Simone Mertens mit dem Polizeirevier Achern in Verbindung gesetzt. Der Kollege Michael Manz, der sich in der Gegend bestens auskannte, war in ihrer Begleitung. Dank seiner Hilfe war es nicht schwer gewesen, den Zimmer'schen Hof ausfindig zu machen.

»Ja, der Antoni hat ab und zu als Erntehelfer gearbeitet und in der Zeit hier gewohnt«, gab der Landwirt zu verstehen.

»Aber in den letzten zwei Jahren nicht mehr«, fügte er hinzu. »Eines Tages kam er an und meinte, er hätte einen lukrativeren Job gefunden.«

»So wie es aussieht, ist er bei einer Bande gelandet, die gewerbsmäßig mit Sperrmüll handelt«, sagte die Kommissarin, »und jetzt ist er tot! Man hat ihn unten an der Staumauer der Schwarzenbach-Talsperre gefunden.«

»Den hat einer hinuntergeworfen«, rief der Landwirt spontan, »der Antoni ist nicht gesprungen, der war ein lebenslustiger Mensch!«

»Er war ein guter Arbeiter«, fügte er nach einer Weile hinzu, »wäre er nur geblieben, dann würde er noch leben.«

»Hatte er Feinde?«, wollte die Kommissarin wissen.

»Der Antoni und Feinde? Wo denken Sie hin!«, rief Herr Zimmer entrüstet. »Der tat doch keiner Fliege was zuleide.«

»Gab es nicht eine Streiterei bei einer Tanzveranstaltung?«, mischte sich der Polizist aus Achern ein. »Da war doch der Antoni dabei, wenn ich mich recht erinnere.« Er erzählte von der ›Grässelmühle‹, einem beliebten Lokal in Obersasbach in Richtung Lauf, wo sich die Erntehelfer aus Osteuropa ab und zu getroffen hatten. Bei einer Tanzveranstaltung hatte es eine Schlägerei gegeben, in die der Pole verwickelt war. Der Wirt hatte die Polizei gerufen.

»Aber Antoni hat den Streit nicht angezettelt. Er hat mit einem einheimischen Mädchen getanzt, dessen Freund eifersüchtig war, das hat mir Antoni glaubhaft versichert«, sagte der Landwirt. »Wie ich erfahren habe, hat es zunächst einen heftigen Wortwechsel gegeben, dann hat der andere plötzlich zugeschlagen.«

»Andere haben sich eingemischt, und im Nu war eine Schlägerei im Gange«, berichtete Michael Manz, der damals beim Einsatz dabei war.

»Seither haben die Beteiligten Hausverbot«, fügte er hinzu.

Herrn Zimmer fiel noch ein, dass der Freund des Mädchens ein paar Tage darauf auf dem Hof auftauchte und Antoni drohte, ihn umzubringen, wenn er sich seinem Mädchen noch einmal nähern würde.

»Namen und Adresse von diesem Typen hätte ich

gern«, wandte sich die Kommissarin an ihren Kollegen aus Achern.

Beim Hinausgehen wollte sie Landwirt Zimmer zu einem Kirschwasser am Schnapsbrunnen einladen. Die Polizisten lehnten dankend ab. Immerhin waren sie im Dienst.

»Privat gerne mal«, versprach der Kollege aus Achern, »gleich bei der nächsten Wanderung.«

»Wie sind Sie eigentlich mit Ihren Erntehelfern zufrieden?«, fragte Simone Mertens interessiert.

»Mit denen aus Osteuropa habe ich fast durchweg gute Erfahrungen gemacht«, erklärte Heinrich Zimmer. »Anders sieht es mit den deutschen Kandidaten aus, die mir das Arbeitsamt geschickt hat. Die meisten waren nach ein oder zwei Tagen wieder weg oder haben erst gar nicht angefangen. Zu schwere Arbeit, sagten sie.«

»Ja, so richtig schaffen wollen heute immer weniger«, meinte der Acherner Kollege.

»Ohne meine Polen könnte ich den Betrieb dichtmachen«, fügte der Landwirt hinzu und meinte: »Nur einen musste ich mal feuern. Ein tüchtiger Arbeiter, der Marek, aber aufbrausend und gleich mit den Fäusten am Werk, wenn ihm etwas nicht passte. Von ihm habe ich nie mehr was gehört.«

»War ein guter Kumpel von Antoni. Ich glaube, die kamen aus der gleichen Gegend«, fiel ihm noch ein.

Simone Mertens war richtig stolz, als sie nach Baden-Baden zurückfuhr. Sie hatte einiges über den Toten von der Talsperre in Erfahrung gebracht. Und dann war da noch sein Kumpel Marek, der nach Aussage des Landwirts wahrscheinlich aus der gleichen Gegend Polens stammte. Vielleicht waren beide bei dieser Sperrmüllmafia gelandet? Über diesen Marek mussten sie unbedingt mehr in Erfahrung bringen.

30

Für den nächsten Tag war ein Treffen im Kommissariat in Rastatt vereinbart. Es galt, eine Bestandsaufnahme der bisherigen Ermittlungsergebnisse vorzunehmen und das weitere Vorgehen in beiden Mordfällen festzulegen. Dass es sich beim zweiten Leichenfund ebenfalls um einen Mord handelte, war aufgrund der Untersuchungen der Rechtsmediziner nicht mehr anzuzweifeln.

»Was kann ich Ihnen anbieten?«, posaunte Kriminalrat Schaumann gleich nach der Begrüßung los.

Seit er in seinem neuen Büro dieses Superwunderwerk von Kaffeemaschine besaß und auch bedienen konnte, war er kaum mehr aufzuhalten.

»Ich nehme dasselbe wie letztes Mal«, entschied der Kommissar.

»Ich ebenso«, sagte Simone Mertens und verkniff sich ein Grinsen.

Sie hatte gleich gemerkt, dass Doninger den Kriminalrat testen wollte, ob er noch wusste, was sie das vorige Mal bestellt hatten, und war gespannt auf Schaumanns Reaktion.

»Sie wollen mich wohl aufs Glatteis führen«, sagte dieser und drohte verschmitzt mit dem Zeigefinger. »›Nachtigall, ick hör dir trapsen!‹, würde der Berliner sagen. Lassen Sie sich überraschen!«

Und die Überraschung gelang. Genüsslich setzte er Simone Mertens einen Latte macchiato und Robert Doninger einen Cappuccino vor. Die Baden-Badener Kollegen konnten nur staunen.

Dann ging es an die Arbeit. Die Fakten des ersten Mordfalls waren bekannt. Es galt, den neuen Fall zu analysieren.

Bekannt waren der Name des Opfers, seine Nationalität, seine Zugehörigkeit zu einer Sperrmüllbande und die Todesursache.

Der Kommissar schilderte sein Zusammentreffen mit dem Besitzer der Scheune im Murgtal. Inzwischen war die Spurensicherung dort aufgekreuzt.

»Vielleicht findet der Kollege Reith mit seiner Mannschaft etwas Verwertbares. Jede Kleinigkeit kann von Bedeutung sein«, meinte Doninger.

Auch in Simone Mertens' Bericht waren einige Fakten recht vielversprechend. Es war sicher, dass das Mordopfer an der angegebenen Adresse tatsächlich gearbeitet hatte, bevor er sich der Müllmafia anschloss. Die Kommissarin erwähnte dabei die Schlägerei bei einer Tanzveranstaltung, in die Antoni Majewski verwickelt war, und die Morddrohung eines Beteiligten. Seine Adresse lag inzwischen vor. Der Sache mussten sie noch nachgehen.

Interessant waren die Angaben über einen weiteren ehemaligen Erntehelfer mit dem Vornamen Marek.

»Es besteht die Möglichkeit, dass es einen Zusammenhang geben könnte, zumal beide Arbeiter aus derselben Gegend stammen, wie Landwirt Zimmer vermutete«, sagte die Kommissarin. »An dieser Spur sollten wir dranbleiben.«

Der Kriminalrat hatte inzwischen weitere Nachrichten von seinem polnischen Kollegen Janusz Kasprowicz von der Kommandantur Danzig erhalten. Er hatte in Erfahrung gebracht, dass Antoni Majewski ledig war. Seit zwei Jahren hatte er sich im Heimatort nicht mehr sehen lassen. Die Eltern waren früh gestorben. In Kobylnica lebte ein Bruder mit seiner Familie. Diesem hatte er jeden Monat etwas Geld zugeschickt. Im Augenblick war dieser Bruder auf dem Weg nach Baden-Baden, um den Toten zu identifizieren.

»Und ich habe noch eine kleine Überraschung!« Schaumann blickte seine Kollegen fast triumphierend an. »Ich habe die Zulassungs- und Kennzeichendaten seines Fahrzeugs! Die Dokumente sind per Fax gekommen.«

Das war wirklich ein wichtiger Mosaikstein für das Gesamtwerk ihrer Ermittlungsarbeit. Der weiße Kastenwagen von Antonio Majewski war vor zwei Jahren in der Kraftfahrzeug-Zulassungsstelle in Slupsk zugelassen worden.

»Wahrscheinlich hat die Mafia den Neuwagen bezahlt«, brummte Doninger.

»Nach dem Mord müsste der Karren irgendwo in der Gegend stehen. Oder sind Sie anderer Meinung? Wir haben das Kennzeichen und die Wagendaten des Fahrzeugscheins. Da wäre es doch gelacht, wenn wir ihn nicht finden würden!« Da war sich die Kommissarin sicher.

»Den Kasten nehmen wir auseinander, wenn wir ihn haben. Bestimmt liefert er uns weitere Erkenntnisse«, rief der Kriminalrat entschlossen.

Nach einer weiteren Kaffeepause, in der Kriminalrat Schaumann sein Können an der neuen Maschine zeigen konnte, legte das Ermittlerteam den Plan für die nächsten Tage fest.

- Die Morddrohung im Fall Antoni Majewski wird überprüft.

- Der Bruder des Opfers identifiziert den Toten.

- Wegen Marek wird beim Landwirt Zimmer nachgefragt.

- Die Ergebnisse der Spusi in der Scheune bei Michelbach werden ausgewertet.

- Der Wagen des Toten wird gesucht.

- Der Fundort des Wagens wird nach Spuren abgesucht. Das Opfer könnte dort oder in der Nähe umgebracht worden sein.

- Der Wagen wird nach Spuren untersucht. Vielleicht gibt es Fingerabdrücke oder DNA-Spuren vom Täter.

- Der Familienname von Marek wird ausfindig gemacht.

»Noch was?«, fragte die Kommissarin, als nach einer Denkpause keine weiteren Punkte genannt wurden.

»Ich glaube, das genügt erst einmal«, meinte der Kriminalrat. »Wenn wir das alles abgearbeitet haben, sind wir ein gehöriges Stück weiter. Dann setzen wir uns wieder zusammen.«

»Haben Sie das ›Wir‹ auch gehört?«, fragte Doninger seine Kollegin, als sie in Richtung Baden-Baden unterwegs waren.

»Ja, das habe ich deutlich vernommen«, meinte diese amüsiert. »Jetzt will er's wissen, unser Chef! Seit er die neue Kaffeemaschine hat, ist er aktiv wie nie zuvor.«

»Muss wohl am Koffein liegen«, rief der Kommissar und wieherte vergnügt.

»Sie wollen aber nicht in Iffezheim aussteigen«, fragte seine Kollegin, die dieses Mal am Steuer saß, besorgt.

»Wie kommen Sie denn darauf?«, wollte Doninger wissen.

»Na, weil sie gerade wie ein Pferd gewiehert haben«, antwortete Simone Mertens. »Vielleicht haben Sie sich zum Rennen angemeldet.«

»Meine liebe Kollegin, erstens finden dort im Augenblick keine Rennen statt …«

»Und zweitens?«, fragte die Kommissarin und grinste belustigt.

»Und zweitens mache ich, sobald wir in Baden-Baden angekommen sind, Feierabend und gönne mir ein frisches Pils auf meiner Terrasse mit dem weiten Blick ins Rheintal bis hinüber zu den Vogesen. Und zwar in aller Ruhe und ohne süffisante Bemerkungen!«

»Jetzt ist er eingeschnappt, der Gute!«, seufzte Simone Mertens. »Wie kann ich meinen Chef wieder gnädig stimmen?«

»Ja, das wird schwer werden.« Doninger machte dabei eine ernste Miene.

Die Kommissarin sah ganz verstört drein. Plötzlich lachte der Kommissar los.

Dann meinte er: »Langsam sollten Sie mich kennen. Für einen Spaß ist der Doninger immer zu haben. Und ein Pferd, das fröhlich wiehert, ist doch was Positives, was Erbauendes, oder? Sie dürfen ruhig auch mal wiehern!«

Jetzt musste Simone Mertens lachen. Sie konnte sich vieles vorstellen. Aber wie ein Pferd zu wiehern, nein, das wollte sie doch lieber anderen überlassen.

»Vielleicht genehmige ich mir heute Abend einen kleinen Kognak auf den Schrecken hin«, sagte sie nur und hing ihren Gedanken nach.

31

Tags darauf traf der Bruder des Mordopfers ein und stellte sich als Bogdan Majewski vor. Die Identifizierung ging schnell über die Bühne. Der Mann nickte nur und verließ rasch den Raum. Entweder hatte er seine Gefühle voll im Griff, oder das Verhältnis zu seinem Bruder war mit der Zeit recht unterkühlt.

»Es ist Antoni«, murmelte er nur.

Hauptkommissar Doninger und seine Kollegin hatten gehofft, dass sie über das Leben des Opfers und die Kontaktpersonen in seinem Umfeld Näheres in Erfahrung bringen könnten. Doch Bogdan Majewski konnte ihnen nicht weiterhelfen. Antoni hatte darüber nie ein Wort verloren.

»Fragen Sie Marek«, sagte er nur, »der ist auch weg.«

Den Nachnamen wusste er leider nicht, nur so viel, dass er auch aus der Gegend kam und irgendwo im Westen sein Geld verdiente. Von ihm hatte Antoni ab und zu erzählt, als er sich noch daheim sehen ließ.

Da war er wieder, dieser Marek! Vielleicht war es tatsächlich der, von dem Landwirt Zimmer aus Sasbachwalden berichtet hatte. Hatte er nicht vermutet, dass dieser aus der gleichen Gegend wie Antoni kam? Da mussten sie noch mal nachfragen. Vielleicht hatte er genauere Daten in seinen Unterlagen.

Noch am gleichen Tag traf der Bericht der Spurensicherung ein. Sie hatten in der Scheune bei Michelbach nach verwertbaren Spuren gesucht. Die Ausbeute war mager, wie Axel Reith, der leitende Beamte der Spusi, feststellen musste. Nichts, was die Kollegen vom Polizeirevier Gaggenau nicht schon gefunden und registriert hätten. Das hieß, nicht ganz! Immerhin hatten sie im Zufahrtsbereich des Schuppens einige Reifenspuren im weichen Gelände ausmachen können und mit der Kamera festgehalten. Vielleicht könnten die den Ermittlern aus Baden-Baden weiterhelfen.

»Wir müssen den Wagen des Toten finden«, sagte Kriminalkommissarin Mertens. »Ich bin mir sicher, der bringt uns in unseren Ermittlungen weiter.«

»Das denke ich auch.« Hauptkommissar Doningers Entschluss stand fest.

Das war eine Aufgabe für den Kriminalrat in Rastatt. Er sollte umgehend alle Hebel in Bewegung setzen und nach dem Wagen des Toten suchen lassen. Wer weiß, wo der abgeblieben war. Planloses Herumfahren in der Gegend brachte da nichts. Hier musste generalstabsmäßig vorgegangen werden. Und dafür war Kriminalrat Schaumann der richtige Mann.

»Nehmen wir uns den Typen vor, der dem Antoni mit Mord gedroht hat«, schlug der Kommissar vor. »Vielleicht ist da was dran, und der Fall ist gelöst.«

»Eifersucht als Mordmotiv ist nicht ungewöhnlich«, meinte Simone Mertens und suchte nach dem Zettel mit der Adresse.

»Hartmut Dinger, wohnhaft in Oberachern, Straße und Hausnummer, alles komplett«, stellte sie fest.

»Auf nach Oberachern!«, rief der Kommissar. »Versuchen wir unser Glück.«

Robert Doninger war nicht das erste Mal in Oberachern. Im Ort gab es ein paar Gastwirtschaften, in denen man gut essen konnte. Und ab und zu, wenn er mal Zeit hatte, sah er sich ein Spiel des Fußballvereins an, der in der Oberliga spielte.

Die Adresse war bald gefunden. Simone Mertens klingelte. Die Mutter des Gesuchten öffnete und wunderte sich, dass die Kriminalpolizei vor der Tür stand.

»Den Hartmut wollen Sie sprechen?«, sagte sie. »Der ist nicht da.«

»Können wir trotzdem reinkommen?«, fragte Hauptkommissar Doninger.

Sie durften. Im Gespräch stellte sich heraus, dass die ermittelnden Beamten den abwesenden Sohn von der Liste der Verdächtigen streichen konnten. Hartmut Dinger war für die Firma Bosch, in deren Werk in Bühl er tätig war, seit zwei Monaten auf Montage in Spanien unterwegs. Es war ausgeschlossen, dass er in dieser Zeit in den Schwarzwald reiste, um den Antoni Majewski über die Mauer der Schwarzenbach-Talsperre zu werfen.

»Mein Sohn ist im Umgang nicht immer einfach, aber er bringt keinen um«, sagte Frau Dinger und sah die Beamten vorwurfsvoll an.

»Immerhin hat er dem polnischen Erntehelfer damit gedroht«, wandte die Kommissarin ein. »Und der ist jetzt tot.«

»Wir müssen jeder Spur nachgehen, auch wenn sie, wie in diesem Fall, ins Leere führt«, erklärte ihr Kollege und bat um Verständnis.

»Ich denke, wir müssen uns weiterhin auf Tätersuche begeben«, meinte Doninger, als sie im Auto saßen. »Wir könnten uns mal mit dem ominösen Marek beschäftigen, wenn wir hier in der Gegend sind. Sasbachwalden liegt ganz in der Nähe.«

»Soll ich den Kollegen aus Achern verständigen?«, fragte Simone Mertens.

»Wenn Sie meinen, tun Sie's«, brummte der Kommissar, »aber kommen braucht er nicht, das schaffen wir allein.«

Er hatte Glück. Der Kollege Michael Manz hatte andere Termine zu erledigen und war froh, dass er nicht unbedingt dabei sein musste.

Der Bauer staunte nicht schlecht, als er die Baden-Badener Kommissarin und ihren Begleiter in den Hof fahren sah. Die hübsche Polizistin erkannte er sofort wieder.

»Aha! Haben Sie sich das mit dem Kirschwasser doch noch überlegt«, rief er ihr zu und lachte. »Und das mit neuer Verstärkung!«

Dabei zeigte er auf den Hauptkommissar, der seiner Kollegin den Vortritt gelassen hatte. Immerhin war sie bekannt.

»Ich bin nur der Chauffeur«, trompetete Doninger los und verkniff sich ein Grinsen.

»Ein Chauffeur im Polizeidienst, das sieht man nicht alle Tage«, meinte Herr Zimmer und nickte anerkennend.

»Spaß beiseite«, sagte Simone Mertens und stellte Hauptkommissar Doninger vor.

»Mein Chef«, erklärte sie.

Heinrich Zimmer zeigte sich beeindruckt.

»Der Chef persönlich! Darauf müssen wir anstoßen«, rief er und wollte die Gläser holen.

Aber darauf ließen sich die Kommissare nicht ein.

»Dienst ist Dienst und Schnaps ist Schnaps!«, zitierte Doninger ein bekanntes Sprichwort.

»Und heute sind wir im Dienst«, fügte die Kommissarin hinzu.

Dann kamen sie zum Grund ihres Besuchs. Es ging um den Polen Marek, den der Bauer beim ersten Besuch der Kommissarin erwähnt hatte.

»Haben Sie in Ihrem Büro Unterlagen über diesen Mann?«, wollte der Kommissar wissen.

Mit »Büro« und »Unterlagen« hatte er ein Thema angeschnitten, mit dem der Landwirt etwas auf Kriegsfuß stand.

»Unterlagen wollen Sie. Wissen Sie, früher hat ein Bauer seinen Hof bewirtschaftet und am Ende des Monats zusammengerechnet, was unterm Strich an Geld übrig geblieben ist«, redete er sich in Rage. »Heute muss alles dokumentiert werden. Jeden Schritt, den ich mache, muss ich notieren, jeden Furz, den eine Kuh lässt!«

Da hatte er in Doninger sofort einen Verbündeten gefunden. Mit Büro und Schreibarbeit wollte der am liebsten auch nichts zu tun haben.

»Wie wahr, wie wahr«, sagte er deshalb. »Da bin ich mit Ihnen einig.«

So viel Verständnis von Behördenseite hatte Heinrich Zimmer selten erlebt und schwenkte deshalb zu einer freundlicheren Tonart um.

»Unterlagen wollen Sie. Mal sehen, ob wir vom Marek welche haben«, brummte er und kratzte sich dabei am Kopf. »Wissen Sie, der hat seit Jahren nicht mehr bei mir gearbeitet.«

»Ich glaube, der hat gar keine Kühe mehr«, flüsterte Simone Mertens, als der Bauer verschwunden war.

»Sie meinen, da bräuchte er auch keinen Furz mehr aufzuschreiben, den sie lassen«, feixte ihr Kollege.

»Aber der Spruch ist trotzdem treffend, ob mit oder ohne Kühe«, meinte er.

Sie hatten Glück. Mareks Karteikarte war noch im Verzeichnis.

»Hätte längst aussortiert werden müssen«, rief Herr Zimmer und fuchtelte mit seinem Fund in der Luft herum.

Und dann lasen die Kommissare, was sie so brennend interessierte: Marek Padanowski aus der polnischen Hafenstadt Ustka und dahinter das Geburtsdatum.

»Bingo!«, meinte Doninger zufrieden.

»War ein guter Arbeiter, der Marek«, erinnerte sich der Landwirt. »Wusste, wo's langgeht. Hätte mein Vorarbeiter werden können. Aber ein Hitzkopf! Immer wieder kam es zu Handgreiflichkeiten. Ich musste ihn entlassen, leider.«

Es war ihm anzumerken, wie schwer ihm dieser Schritt gefallen war.

»Gibt es jemand auf dem Hof, der näheren Kontakt mit ihm hatte?«, wollte die Kommissarin wissen.

»Ja, die Natalia ist noch da, Natalia Ostrowski. Mit ihr hatte er lange Zeit ein gutes Verhältnis. Aber auch das hat er mit seinem aufbrausenden Wesen kaputt gemacht«, erklärte der Bauer.

»Können wir mit ihr sprechen?«, fragte der Kommissar.

»Mir herbschde heit, sie isch im Weinberg.« Heinrich Zimmer war urplötzlich in seinen badischen Dialekt umgeschwenkt.

Robert Doninger konnte ihn trotzdem verstehen. Sein Heimatort Lauf lag ja nicht weit entfernt. Und Simone Mertens konnte sich den Sinn zusammenreimen.

»Die Natalia ist bei der Traubenlese«, übersetzte ihr Kollege zur Sicherheit.

Die Polin war ziemlich überrascht, als der Bauer mit zwei Kriminalisten im Schlepptau erschien. Über den Marek wollten sie mehr in Erfahrung bringen, sagten sie zu ihr. Ob sie ihn gut gekannt hätte.

Und ob! Sie waren sogar einige Zeit miteinander gegangen, wie man so sagte. Und am Wochenende mal ins Kino nach Achern oder in die ›Grässelmühle‹ nach Obersasbach zum Tanzen oder mit dem Bus hinauf zur Schwarzwaldhochstraße. Am Mummelsee, am Ruhestein, in Unterstmatt, am Sandsee, rund um die Schwarzenbach-Talsperre und in Herrenwies waren sie zusammen gewesen, und am Mehliskopf waren sie mit der Sommerrodelbahn gefahren. Jedes Mal eine schöne Abwechslung nach der harten Arbeit die Woche über.

Aber da war auch der andere Marek, der Brausekopf, der Schlägertyp, der ausrastete, wenn ihm etwas nicht passte. Besonders, wenn er getrunken hatte. Da kannte er keine Freunde mehr. Sogar sie hatte er in einem Wutanfall einmal gewürgt.

»Dann, er musste gehen«, seufzte Natalia, »›das Maß ist voll‹, hat der Bauer gesagt.«

»Aber seine Mütze hängt noch am Kleiderhaken. Ein Erinnerungsstück sozusagen«, sagte Herr Zimmer.

Eine Mütze! Bestimmt waren darin vereinzelt Haare von Marek Padanowski zu finden. Simone Mertens und ihr Chef wurden hellhörig. Eine gute Gelegenheit für einen DNA-Abgleich.

»Die sollten wir haben«, bat Robert Doninger.

»Sie bekommen sie wieder«, fügte Simone Mertens mit ihrem gewinnenden Lächeln hinzu.

Der Landwirt war einverstanden. Natalia ging an die Arbeit. Spätburgunder-Trauben wurden heute gelesen.

»Darf ich eine haben?«, fragte die Kommissarin. »Nur zum Probieren, nicht als Beweismittel«, fügte sie hinzu und lachte.

Natürlich durfte sie.

»Und nun? Doch noch einen kleinen Schluck?«, fragte der Bauer, als sie auf dem Hof zurück waren und die Mütze in Empfang genommen hatten.

»Ein anderes Mal vielleicht«, antwortete der Kommissar.

»Trinken Sie einen für uns mit!«, meinte seine Kollegin und lächelte. »Sie haben uns sehr geholfen.«

Froh gelaunt machte Doninger in der Winzergenossenschaft Station. Er wollte der Kommissarin zur Abwechslung die Spätburgunder-Trauben in flüssiger Form präsentieren.

»Wenn wir schon mal in Sasbachwalden sind«, sagte er fast entschuldigend, als er seiner Kollegin eine Flasche Sekt »Alde Gott« überreichte.

»Alde Gott – Spätburgunder Rosé trocken – Traditionelle Flaschengärung«, las Simone Mertens auf dem Etikett.

»Hat das einen besonderen Grund, dass auf dem Etikett ›Alde‹ mit ›d‹ statt mit ›t‹ geschrieben ist?«, hakte sie nach.

»Das geht auf eine alte Sage aus dem Dreißigjährigen Krieg zurück«, erklärte Doninger, »bei den Führungen durch den Winzerkeller wird sie oft erzählt.«

»Und was für eine Geschichte ist das?« Die Kommissarin war neugierig geworden.

»Also, das war so.« Robert Doninger war in seinem Element. Geschichten erzählen war eines seiner Spezialgebiete.

»Im Dreißigjährigen Krieg war das ganze Land verwüstet und fast menschenleer. Auch Sasbachwalden. Tagelang zog ein junger Mann durch den Schwarzwald, ohne einem Menschen zu begegnen. Doch endlich traf er auf einer Anhöhe zwischen Sasbachwalden und Obersasbach eine junge Frau. Da soll er voller Freude ausgerufen haben: ›Der alde Gott lebt noch!‹«

»Demnach ist ›alde‹ eine Dialektform von ›alte‹?«, fragte Simone Mertens.

»Exakt!«, bestätigte der Kommissar und meinte: »Übrigens steht der Spruch auf einem Bildstock aus dem Jahr 1861, der am Treffpunkt der jungen Leute von damals zur Erinnerung aufgestellt wurde.«

»Bei jedem Schluck des edlen Getränks werde ich daran denken«, sagte die Kommissarin und freute sich schon auf den Abend.

32

Melanie Ams war bereits eifrig im Internet unterwegs. Sie hatte den polnischen Ortsnamen Ustka eingegeben und wollte Details über den Ort in Erfahrung bringen. Die Kommissarin hatte sie darum gebeten.

Schon nach wenigen Minuten konnte sie stichpunktartig berichten: »Ustka – polnische Hafenstadt in Pommern – an der Mündung des Flusses Slupia in die Ostsee gelegen – Kurort, breiter Sandstrand – circa 16.000 Einwohner – 18 Kilometer von der Kreisstadt Slupsk entfernt – Autokennzeichen GSL – hieß früher Stolpmünde.«

Und dann ergänzte sie: »Stolp – so hieß damals der Fluss, der dort in die Ostsee mündet – im Polnischen heißt er Slupia – wird übrigens Su:pia ausgesprochen, steht hier.«

»Danke für den Hinweis«, sagte Doninger, »da können wir bei unserem Kriminalrat punkten, wenn wir die korrekte Aussprache draufhaben.«

»Interessant ist auch das Autokennzeichen GSL«, meinte Simone Mertens, »es ist das gleiche wie für Kobylnica, wo Antoni Majewski herkommt.«

»Beide haben als Erntehelfer beim Landwirt Zimmer in Sasbachwalden gearbeitet«, überlegte der Kommissar laut, »und beide sind, wie es aussieht, bei der Sperrmüllmafia gelandet. Wer weiß, vielleicht gibt es weitere Zusammenhänge?«

»Ist eigentlich die Mütze bereits im Labor?«, wollte er nach kurzem Nachdenken plötzlich wissen.

»Klar, Chef!«, rief Melanie Ams. »Und das mit dem Eilvermerk ›Mordfall‹!«

»Das wäre der Hammer, wenn die DNA-Analyse einen Treffer ergäbe«, fügte die Kommissarin an. »Das brächte uns ein gehöriges Stück weiter.«

Inzwischen war auch Kriminalrat Schaumann in Rastatt aktiv gewesen. Über seine Kontakte mit den polnischen Behörden hatte er in Erfahrung gebracht, dass es über Marek Padanowski in den polnischen Polizeiakten keine Einträge gab. Auch in Deutschland war er nicht aktenkundig geworden. Wahrscheinlich hatte er sämtliche Polizeirazzien betreffs Mülltourismus umgehen können. Das interne Warnsystem der Bande musste in seinem Fall funktioniert haben. Auch bei der Polizeiaktion in Michelbach im Murgtal hatte er Glück, da er an diesem Tag in einer anderen Region auf Tour gewesen sein musste. Von den polnischen Verkehrsbehörden war lediglich in Erfahrung zu bringen, dass auf seinen

Namen ein Führerschein ausgestellt worden war. Ein Auto wurde auf seinen Namen nicht zugelassen.

»Da fährt der Kerl hier durch die Gegend, hat weder eine Zulassung noch eine Versicherung für seinen Schrottkasten und bringt Nummernschilder an, wie es ihm gerade in den Sinn kommt«, brummte Doninger, »so viel Dreistigkeit, nicht zu fassen!«

»Oder er hat gefälschte Papiere«, meinte Simone Mertens, »bei Banden nichts Ungewöhnliches.«

»Ja, so wird's wohl sein, leider.« Doninger musste der Kollegin zustimmen.

Sämtliche Banden oder Clans, mit denen sie zu tun hatten, waren bestens vernetzt, und was die technische Ausrüstung betraf, meistens im Vorteil. Der Kriminalkommissar nannte das den »Hase-und-Igel-Effekt«. Egal, wo und wann die Polizei aufkreuzte, die Bande war schneller. Auf diesem Gebiet galt es einiges aufzuholen. Lange Jahre hatten die Verantwortlichen vor lauter Sparen die Entwicklung verpasst. Zum Glück war die Bandenkriminalität in Doningers Revier im Vergleich zu den Großstädten und Ballungsgebieten bisher eine Randerscheinung gewesen. Aber das konnte sich jederzeit ändern. Eine Zunahme in Baden-Württemberg war nicht zu übersehen, und das betraf nicht nur den Mülltourismus aus osteuropäischen Ländern. Auch die Drogenmafia hatte das Land als Operationsgebiet entdeckt.

Zum Glück kam Melanie Ams gerade mit einer neuen Nachricht, sonst hätte Doninger längere Zeit über die Zukunft des Polizeiwesens sinniert.

»Wir haben einen Treffer«, rief sie in die Runde, »einen Volltreffer, würde ich meinen!«

Triumphierend hielt sie ein Blatt hoch, das sie gerade dem Faxgerät entnommen hatte.

»Und? Machen Sie es nicht so spannend!«, schnaubte der Kommissar.

»Ist es die DNA-Analyse von der Mütze?«, fragte Simone Mertens hoffnungsvoll.

»Bingo«, rief die Sekretärin, »und wieder ist der Preis eine aufblasbare Waschmaschine!«

»Rücken Sie endlich mit der Nachricht heraus!« Der Kommissar wurde langsam ungeduldig. Ein Donnerwetter war im Anflug.

Zum Glück merkte das Melanie Ams rechtzeitig und las die erlösende Nachricht laut vor: »Die DNA-Analyse der Haare in der Mütze und die DNA-Analyse der Hautreste unter den Fingernägeln der Mädchenleiche vom Sandsee stimmen überein.«

Und wieder wedelte sie mit der Faxseite.

»Wir haben den Täter! Das ist doch was, oder?«, posaunte sie.

Und ob das was war! Der erste Fall konnte abgehakt werden. Marek Padanowski war überführt. Er hatte Lea Wiese getötet. Nach allen bisherigen Erkenntnissen wahrscheinlich im Affekt, eine tätliche Auseinandersetzung mit Todesfolge. Doch das war Sache der Staatsanwaltschaft und später des zuständigen Gerichts.

Aber noch stand die Aufklärung des zweiten Falles auf dem Plan. War Marek Padanowski auch am Tod von Antoni Majewski beteiligt? Immerhin kannten sich die beiden. Sie stammten aus der gleichen Gegend, waren als Erntehelfer beim gleichen Bauern tätig und anschließend als Mülltouristen unterwegs, wahrscheinlich in der gleichen Bande. Auffallend viele Gemeinsamkeiten, aber voreilige Schlüsse zu ziehen, könnte in die Irre führen. Hauptkommissar Doninger war erfahren genug, um dieser Versuchung zu unterliegen.

»Wir müssen unbedingt seinen Wagen finden«, sagte er laut.

»Den von Marek oder den vom Stauwehropfer?«, fragte Simone Mertens.

»Am besten beide«, antwortete Doninger, »aber wichtiger wäre der Wagen von Antoni Majewski. »Vielleicht kriegen wir dabei Aufschluss, wie er genau zu Tode kam.«

»Wo könnte der Karren sein?«, sinnierte der Kommissar laut und klopfte dabei vehement mit dem Bleistift auf seinen Schreibtisch.

Nach dem Leichenfund im Tosbecken der Talsperrenmauer hatte Kriminalrat Schaumann veranlasst, die ganze Gegend systematisch nach dem Wagen des Opfers abzusuchen. Wagentyp und Kennzeichen waren dank der Unterstützung der polnischen Behörden bekannt.

»Wo könnte der Karren sein?«, fragte Doninger wieder. Das Klopfen des Bleistifts wollte nicht aufhören.

»Da scheint jemand an der Tür zu sein«, meldete sich Melanie Ams.

»Warum, hat es geklopft?«, fragte der Kommissar scheinheilig.

»Es hörte sich so an«, meinte Simone Mertens und grinste.

»Ich höre nichts, war wohl Fehlalarm«, sagte Doninger und legte den Bleistift beiseite.

Er lehnte sich in seinem Schreibtischsessel zurück, schloss die Augen und dachte angestrengt nach.

Plötzlich richtete er sich auf.

»Der Schaumann muss noch einmal aktiv werden!«, rief er entschlossen. »Die Streifenwagen können ewig suchen. Da hilft höchstens eine öffentliche Suchmeldung in den Medien.«

»Oder Kommissar Zufall«, ergänzte die Kollegin.

»Auf den kann ich nicht warten«, sagte Doninger. »Ich fahre sofort nach Rastatt und bespreche das mit dem Kriminalrat.«

Sagte es und verschwand.

»Das hätte ich auch telefonisch regeln können«, meinte die Sekretärin, als der Kommissar verschwunden war.

»Ach, dem fällt die Decke auf den Kopf, haben Sie's nicht gemerkt?«, sagte die Kommissarin. »Der musste raus, dann ist die Welt wieder in Ordnung.«

»Sie haben recht«, pflichtete Melanie Ams ihr bei.

»Und mit unserem Doninger ist das Bleistiftgeklopfe verschwunden«, fügte sie hinzu und lachte.

33

Wie so oft bei derartigen Aktionen gingen in den nächsten Tagen bei den Dienststellen der Polizei zahlreiche Hinweise ein. Weiße Kastenwagen wurden zuhauf gesichtet, und ein paar davon hatten polnische Kennzeichen. Diese wurden überprüft, aber ein Treffer war nicht dabei.

»Das gefällt mir nicht«, meinte Kommissar Doninger, als er die einzelnen Berichte durchging. »Dieser Majewski wurde über die Staumauer geworfen. Der wurde doch nicht kilometerweit transportiert, um ihn dann ausgerechnet dort zu entsorgen.«

»Laut Aussage der Rechtsmedizin wurde er gewürgt und danach mit einem kantigen Gegenstand erschlagen«, überlegte Simone Mertens.

Sie erinnerte sich genau an die Angaben der Rechtsmedizinerin Doktor Huth, die ihnen in Abwesenheit von Doktor Seifert den Obduktionsbericht erläutert hatte.

»Eben! Und ich werde das Gefühl nicht los, dass sich das alles in unmittelbarer Nähe abgespielt hat«, sagte der Kommissar. »Der Wagen muss irgendwo dort zu finden sein, da bin ich mir fast sicher.«

»Aber die Gegend wurde von der Spusi doch penibel untersucht«, wandte die Kollegin ein. »Die haben den Kastenwagen nicht gefunden.«

Das Telefon klingelte. Melanie Ams nahm den Hörer ab. »Hallo, Herr Schaumann, ... ja ... ja!« Sie blickte zum Kommissar und nickte. »Ja, der ist da. Moment, ich stelle durch.«

Doninger nahm den Hörer ab. Simone Mertens sah ihn erwartungsvoll an. Das Gesicht des Kommissars nahm freudigere Züge an.

»Das kann nur was Positives gewesen sein«, sagte sie, als Doninger den Hörer aufgelegt hatte.

»Und ob«, rief er, »ein Volltreffer! In der Nähe der Staumauer steht ein weißer Kastenwagen mit polnischem Kennzeichen. Und halten Sie sich fest! Es ist genau die Nummer, die wir suchen.«

»Wie das?«, wunderte sich Simone Mertens. »Dort wurde doch alles abgesucht.«

»Richtig, aber niemand kam auf die Idee, dass der Karren auf der anderen Seite des Wehrs stehen könnte«, erklärte der Kommissar.

»Wie sollte er dort auch hinkommen?«, sagte die Kollegin und schüttelte den Kopf. »Die Mauer hat doch Sperrpfosten, und die waren alle intakt.«

»Genau, aber es gibt einen Zufahrtsweg durch den Wald«, erklärte Doninger. »Zufahrtsrecht haben aber nur die wenigen Anlieger oder Leute, die dort Arbeiten zu verrichten haben.«

Natürlich machten sich der Baden-Badener Kommissar und seine Kollegin sofort auf den Weg zum Fundort. Robert Doninger kannte die Stelle, von der ein schmaler Weg hinauf zum Wehr führte.

»Da geht's doch zum Platz unterhalb der Staumauer, wo der Tote im Tosbecken lag, oder?«, fragte Simone Mertens, als sie von der L 83 auf einen Waldweg abbogen.

»Richtig! Die Kandidatin hat hundert Punkte, würde unsere Frau Ams sagen«, bemerkte ihr Kollege und lachte.

»Aber statt der aufblasbaren Waschmaschine müsste sie sich mal einen anderen Preis als Gewinn ausdenken«, sagte die Kommissarin und grinste. Doninger bog plötzlich nach rechts auf einen Weg ab, der den Hang hinaufführte. Der war ihr das letzte Mal nicht aufgefallen. Das Schild ›Durchfahrt verboten‹ war nicht zu übersehen.

»Was für ein Vorteil, wenn man sich in der Gegend genau auskennt, Herr Kollege«, meinte sie anerkennend.

»Das beste Navi ist auch heute noch eine gute Ortskenntnis«, brummte Doninger.

»Aber ich habe nichts gegen den technischen Fortschritt«, fügte er an, »ist manchmal ganz nützlich.«

Polizeihauptmeister Eugen Seifermann vom Gaggenauer Revier erwartete sie bereits, als sie oben ankamen.

Seinem Bericht zufolge war der Kastenwagen schon seit Tagen hier gestanden. Niemand hatte sich darüber gewundert. Es waren öfters Leute aus osteuropäischen Ländern unter den Arbeitern, die für Baufirmen, Forstbetriebe oder den Kraftwerkbetreiber, zu dem der Stausee gehörte, tätig waren. Und er hätte niemanden gestört, wenn nicht gerade an der Stelle Material zur Wegsanierung gelagert werden sollte. Jetzt stand er im Weg und musste weggefahren werden.

Die Suche nach dem Fahrer des Kastenwagens brachte keinen Erfolg. Kein Mensch hatte eine Ahnung, wem er gehörte. Die Baufirma hatte sich schließlich an das Polizeirevier in Gaggenau gewandt. Die Polizei sollte sich um die Entfernung des Fahrzeugs kümmern.

»Als ich das Kennzeichen gesehen habe, ist mir sofort die Suchmeldung eingefallen«, sagte der Polizeihauptmeister. »Es stimmte genau mit dem dort genannten überein.«

Und so hatte er umgehend das Kriminalkommissariat in Rastatt informiert.

Die Fundstelle des Wagens war von der Staumauer aus nicht auszumachen. Da hatte sich Doninger gleich vergewissert. Bäume und Büsche verdeckten die Sicht. Der Spusi war kein Vorwurf zu machen. Wer hätte ahnen können, dass der Karren auf dieser für Unbefugte unzulässigen Seite abgestellt worden war.

Was den Hauptkommissar stutzig machte, war das Alter des Kastenwagens.

»Der ist doch älter als zwei Jahre«, meinte er.

»Davon ist auszugehen.« Sowohl Simone Mertens als auch der Kollege aus Gaggenau waren derselben Ansicht.

Zum Glück trafen die Leute von der Spurensicherung ein. Sie hatten einige Zeit gebraucht, den richtigen Zufahrtsweg zu finden.

»Der Weg ist als Wanderweg in Richtung Herrenwieser See und Badener Höhe ausgeschildert«, sagte Axel Reith, der Leiter der Spusi, als Entschuldigung für die Verspätung. »Wer vermutet da einen Zufahrtsweg, zumal an der Stelle ein Verbotsschild für Kraftfahrzeuge aller Art steht.«

»Hauptsache, Sie sind da und nehmen den Karren auseinander«, war Doningers Antwort, und er fügte hinzu: »Irgendetwas stimmt mit dem Wagen nicht. Das Kennzeichen ist zwar richtig, aber das Fahrzeug ist wesentlich älter als das gesuchte.«

Doningers Vermutung wurde bald bestätigt. Die Leute der Spusi hatten eine Kopie des Fahrzeugscheins dabei, die von den polnischen Behörden übermittelt worden war. Die Daten darin stimmten zwar mit dem Kennzeichen, aber nicht mit den restlichen Wagendaten des gefundenen Fahrzeugs überein. Auffällig war noch, dass hinter einem Brett im Laderaum mehrere polnische Kennzeichen zum Vorschein kamen.

»Da ist das Nummernschild dabei, das Bernhard Kist, der Zeuge aus Neusatzeck, auf seinem Zettel hatte«, rief

Simone Mertens. »Wissen Sie noch, wie er das Auto beschrieb?«

Der Kommissar überlegte.

»War da nicht von einem uralten Ford Transit die Rede?«, erinnerte sich der Kommissar. »Von einem, der früher weiß und jetzt voller Rostflecke war?«

»Bingo! Heute kriegen Sie die hundert Punkte samt aufblasbarer Waschmaschine«, sagte seine Kollegin anerkennend.

»Und diese alte Schrottkiste haben wir vor uns«, war Doningers Antwort auf diesen Hauptgewinn. Und damit meinte er nicht die versprochene Waschmaschine, sondern den Kastenwagen.

»Am besten nehmen wir den Karren mit und nehmen ihn auseinander«, meinte Axel Reith. »Wir schicken Ihnen den Bericht zu.«

Das war im Sinne des ermittelnden Teams. Als die Spusi mit ihren Arbeiten fertig war, rauschte der ganze Tross ab. Auch der Gaggenauer Kollege verabschiedete sich.

»Jetzt haben wir uns einen Kaffee oder einen Cappuccino verdient«, sagte Doninger und atmete tief durch. »Meinen Sie nicht auch, liebe Kollegin?«

»Sagen Sie nur, Sie haben eine Thermoskanne dabei«, rief Simone Mertens voller Vorfreude.

»Das nicht! Aber die Frau im Kiosk drüben freut sich über Kundschaft«, erklärte der Kommissar.

Und so war es. Der Publikumsverkehr hielt sich heute

in Grenzen. Das Wetter war nicht gerade einladend für einen Ausflug.

Die heißen Getränke taten gut. Die Kommissarin und der Kommissar genossen den Kaffee und den Cappuccino. Beide waren in Gedanken versunken.

»Auf den Bericht der Spusi bin ich gespannt«, sagte Simone Mertens plötzlich in die Stille hinein. »Die Nummer vom Zettel des Herrn Kist war unter den Kennzeichen, die im Wagen gefunden wurden. Spricht das nicht Bände?«

»Ich glaube, wir haben den Täter«, brummte Doninger vielsagend.

34

Die Ergebnisse der kriminaltechnischen Untersuchung der Spuren und Gegenstände im Wagen des Opfers von der Talsperre lagen am nächsten Morgen auf dem Tisch. Der Kriminalrat in Rastatt hatte mächtig Druck gemacht.

»Schauen wir uns mal an, was uns die KTU zu bieten hat«, sagte Hauptkommissar Doninger, als er mit seiner Kollegin Simone Mertens die Seiten durchblätterte.

»Das ist ja mehr als interessant«, stellte die Kommissarin fest.

»Wenn man das so liest, sieht es fast so aus, als sollte dem Antoni Majewski der Tod des Mädchens vom Sandsee angehängt werden, und dann soll er Selbstmord begangen haben«, brummte Doninger.

Tatsächlich sprachen einige Indizien dafür: Die Kennzeichen, die im Wagen gefunden wurden, die restlichen Teile der silbernen Kette, die Simone Mertens auf dem Platz vor dem ›Hotel Sand‹ entdeckt hatte, das Handy des Mädchens, nach dem im Sandsee vergeblich getaucht wurde, und ein Brustbeutel der Toten, in dem vermutlich Geld steckte, das sie als Aushilfe im Pavillon am Mehliskopf verdient hatte. Der lederne Beutel war allerdings leer.

»Der Fahrer des gefundenen Kastenwagens war demnach der Täter«, resümierte Simone Mertens. »Wenigstens sollten wir das glauben.«

Doch da gab es mindestens zwei Gründe, die im Widerspruch zu dieser Theorie standen. Erstens war das Auto, das an der Talsperre gefunden wurde, wesentlich älter als zwei Jahre. Es gehörte also nicht dem Opfer. Das hatten sie beim ersten Anblick festgestellt. Zweites wurden im Wagen einige graue Packdecken gefunden. Das Material aus Polyprophylen war identisch mit den Fasern, die von den Leuten der Spurensicherung an der Mauerstelle entdeckt wurden, von der Antoni Majewski in die Tiefe gefallen war. Wahrscheinlich war das Opfer in eine dieser Decken eingewickelt worden.

»Demnach kann das nie ein Suizid gewesen sein«, sagte die Kommissarin. »Der ist niemals, in einer Decke eingewickelt, über die Mauer geklettert!«

»Laut Rechtsmedizin wurde er gewürgt und mit einem bisher nicht identifizierten Gegenstand erschlagen«, überlegte Doninger laut. »Dann hat ihn der Täter in eine Packdecke eingewickelt, zur Mauer getragen, dort ausgewickelt und hinuntergeworfen.«

»Und dann die Kennzeichen am Auto des Opfers ummontiert, um alles nach Selbstmord aussehen zu lassen«, sagte Simone Mertens.

»Und da hat der Täter einen großen Fehler begangen«, behauptete der Kommissar. »Er hätte seine alte Schrottkiste behalten und im Wagen des Opfers die Kennzeichen und die Utensilien des Mädchens deponieren sollen.«

»Und ein weiterer Fehler war, seine eigene Schrottkiste auf der anderen Seite zu parken, deren Zufahrt fast keiner kennt. Ein Selbstmörder fährt keine Umwege. Er hätte sein Auto auf dem Parkplatz auf Seite der L 83 abgestellt«, sagte Simone Mertens.

»Sie bringen mich auf eine Idee.« Der Kommissar überlegte und meinte: »Ich denke, es war so: Der Marek und der Antoni haben sich auf dem Parkplatz oberhalb des Stausees verabredet. Es kommt zum Streit, vermutlich geht es um Erpressung, der Marek, als Choleriker bekannt, rastet aus, würgt den Antoni und schlägt ihn danach von hinten mit einem Gegenstand nieder. Er wickelt die Leiche in eine Packdecke und will sie zur Staumauer tragen, um einen Selbstmord vorzutäuschen.«

»Das klingt wie in einem Kriminalroman«, rief Melanie Ams, die gespannt zugehört hatte, »und wie geht die Geschichte weiter?«

»Der Marek merkt, dass es von der Seite, auf der die L 83 verläuft, schwierig sein wird, mit seiner Last unbemerkt bis zur Mitte der Staumauer zu kommen«, spann der Kommissar den Faden weiter. »Marek kennt sich von seinen früheren Ausflügen her in der Gegend bestens aus und beschließt, sein Werk von der anderen Seite her zu vollenden. Dort kommt ihm nachts niemand in die Quere. Also packt er die eingewickelte Leiche in seine Schrottkiste und montiert die Kennzeichen um. Er will sein altes Auto drüben stehen lassen und sich nach der Entsorgung der Leiche mit dem neueren Fahrzeug des polnischen Landsmanns aus dem Staub machen. Er geht davon aus, dass er längst über alle Berge ist, bis die Polizei den Kastenwagen auf der anderen Seite findet. Und dann hat dieser ja das Nummernschild des Toten.«

»Klingt alles schlüssig«, meinte Simone Mertens. »Fehlt nur der Beweis!«

»Und den werden wir liefern«, sagte Doninger. »Kommen Sie, wir fahren zum Tatort!«

Heute hatten sie Glück mit dem Wetter. Bei dieser Tour handelte es sich zwar nicht um einen Ausflug, aber bei Sonnenschein war eine Fahrt hinauf auf die Höhe, wie man in der Gegend sagte, allemal ein Erlebnis. Den Weg kannten sie inzwischen auswendig, aber Langeweile kam nie auf. Die Landschaft war atemberaubend schön. Und es war ja auch keine Weltreise von Baden-Baden bis zur Schwarzenbachtalsperre. Auf dem Parkplatz oberhalb der L 83 wollte Hauptkommissar Doninger mit seiner Kollegin nach Beweisen für seine Hypothesen suchen. Er war sich inzwischen sicher, dass die tödliche Auseinandersetzung der beiden Polen dort stattgefunden hatte. Auch bei der Mädchenleiche vom Sandsee waren Tatort und Leichenfund nicht weit auseinander gelegen.

An Werktagen hielt sich der Besucherstrom an der Schwarzenbachtalsperre in Grenzen, sodass der Großteil des Parkplatzes leer war. Die meisten Autos standen auf den Parkstreifen entlang der Straße.

»Ich glaube kaum, dass wir nach den vielen Regentagen Kampfspuren oder Blutflecken auf dem Parkplatz finden«, sagte Simone Mertens.

»Das denke ich auch«, pflichtete ihr Robert Doninger bei, »aber danach suchen wir auch nicht. Wir wollen nach einer möglichen Tatwaffe Ausschau halten.«

»Vielleicht hat sie der Täter mitgenommen«, überlegte die Kommissarin.

»Oder er hat sie irgendwo zwischen die Bäume oder in die Büsche geworfen«, hielt Doninger dagegen.

Sie schauten sich auf dem Parkplatz um. In einer Ecke entdeckten sie einen Haufen Pflastersteine. Wahrscheinlich waren sie für Ausbesserungsarbeiten gelagert worden.

»So ein Stein würde sich als Tatwaffe gut eignen«, meinte Simone Mertens. »Vielleicht geschah die Tat gerade dort, und der Stein war griffbereit. Würde ins Täterprofil des Marek Padanowski passen.«

»Gut kombiniert, Kollegin«, sagte Doninger anerkennend. »Der Antoni Majewski wird vom wutentbrannten Landsmann gewürgt, reißt sich los, taumelt davon. Der Marek schnappt sich einen Pflasterstein, rennt ihm nach und schlägt ihn von hinten nieder.«

»Und als er sieht, dass der Antoni tot ist, wirft er die Tatwaffe ins Gebüsch«, ergänzte die Kommissarin. »Wir müssen nach dem Stein suchen.«

»Hoffen wir, dass dieser Marek nicht Weltmeister im Steinweitwurf ist«, murmelte ihr Kollege, als sie sich auf die Suche machten.

Heute schien ihr Glückstag zu sein. Die beiden Kriminalisten brauchten nicht lange zu suchen. Nicht weit entfernt lag ein Pflasterstein im Gebüsch, auf dem tatsächlich eingetrocknete Blutspuren zu erkennen waren.

»Wenn die DNA des Blutes identisch ist mit der des Opfers an der Staumauer, haben wir den Beweis, dass Marek Padanowski für diese Tat verantwortlich ist«, sagte der Kommissar.

»Wenn wir Glück haben, sind Fingerabdrücke von ihm auf dem Stein. Und Glück scheinen wir heute zu haben«, ergänzte Simone Mertens.

»Warten wir das Ergebnis der Untersuchung ab«, meinte Doninger, »dann können wir unseren Kriminalrat damit beglücken.«

»Der wird Augen machen und seine Kaffeemaschine rauschen lassen!« Die Kommissarin stellte sich die Szene bildlich vor. Doninger glaubte, ein leichtes Grinsen im Gesicht seiner Kollegin zu bemerken.

35

»Wir können die letzten bunten Steinchen einsetzen, das Mosaik ist fertig«, stellte Hauptkommissar Doninger fest, als er mit seiner Kollegin Simone Mertens auf dem Weg nach Rastatt war. Für die kurze Strecke hatten sie auf die Autobahn verzichtet und waren auf der B 3 geblieben.

An diesem Tag hatten sich alle Nebel gelichtet und die Natur leuchtete in herbstlich bunten Farben. Doch es war nicht nur die Herbstsonne, die die Stimmung des Kommissars und seiner Kollegin strahlend erscheinen ließ, es war auch das gute Gefühl, die beiden Fälle gelöst und den Täter überführt zu haben: Marek Padanowski. Er war sowohl für den Tod des Mädchens vom Sandsee als auch für den des Opfers an der Schwarzenbachtalsperre verantwortlich.

Der Laborbericht war am Morgen eingetroffen. Das getrocknete Blut auf dem Pflasterstein stammte von Antoni Majewski. Außerdem waren Fingerabdrücke des Täters darauf nachgewiesen worden.

»Heute kein Badnerlied auf den Lippen, Herr Doninger?«, frozzelte Simone Mertens und grinste.

»Sie meinen die Strophe ›In Rastatt ist die Festung, und das ist Badens Glück!‹. Nein, bei zwei Toten vergeht selbst mir das Singen«, antwortete der Kommissar.

»Stürmen wir die Festung!«, rief er dann, als sie das Rastatter Kommissariat betraten.

Kriminalrat Schaumann wartete bereits auf sie. Melanie Ams hatte sie telefonisch angekündigt. Natürlich war Schaumanns Kaffeemaschine betriebsbereit.

»Wie immer?«, flötete der Kriminalrat. »Für unsere Kommissarin ein Glas Latte macchiato und für unseren Doninger einen Cappuccino. War doch so, oder?«

»Heute kriegt unser Kriminalrat die hundert Punkte und eine aufblasbare Waschmaschine«, sagte Simone Mertens und lachte.

»Die können Sie behalten«, wehrte dieser ab, »ich behalte lieber meine Kaffeemaschine.«

»Für eine Feier ist es zu früh«, sagte er, als er für sich eine Tasse Kaffee zubereitet hatte, »aber ein Lob für Ihre gute Arbeit will ich schon mal loswerden.«

»Aufgeschoben ist nicht aufgehoben«, gab Doninger zur Antwort. »Gefeiert wird, wenn alles unter Dach und Fach ist, das heißt, der Täter hinter Schloss und Riegel sitzt.«

Damit kamen sie auf den Grund ihrer Zusammenkunft zu sprechen. Der Täter stand fest, war aber nicht gefasst.

Vermutlich war er mit dem Kastenwagen des zweiten Opfers auf der Flucht. Doch wohin? Fuhr er in der Gegend herum? Befand er sich in Deutschland? Oder hatte er sich ins Ausland abgesetzt? Nach Frankreich war es nur ein Katzensprung. Oder sollte er gar in seinem Heimatland untergetaucht sein? Fragen, die alle im Raum standen.

Die Suche nach einer Antwort war die Aufgabe, die es zu bewältigen galt. Eine Fahndung nach dem Fahrzeug war mehr als schwierig. Was für ein Kennzeichen hatte Marek Padanowski montiert? Das ursprüngliche hatten sie an der Schrottkiste bei der Talsperre gefunden. Das schied aus. Oder hatte er sich ein gefälschtes zugelegt? Auch diese Möglichkeit musste in Betracht gezogen werden.

»Auf alle Fälle geht bundesweit eine Fahndung raus. Alle weißen Kastenwagen geraten ins Visier, vor allem die mit polnischem Kennzeichen«, sagte der Kriminalrat. »Die Grenzen werden verständigt, und auch mit den polnischen Behörden werde ich mich in Verbindung setzen.«

»Und wieder suchen wir die Nadel im Heuhaufen«, seufzte Hauptkommissar Doninger.

»Wir werden sie finden«, rief seine Kollegin voller Überzeugung. »Und wenn wir auf unseren Kommissar Zufall bauen müssen.«

»Ich bin voll auf Ihrer Seite, Frau Mertens.« Der Kriminalrat sah die Kommissarin an und nickte ihr zu.

»Wir kennen den Täter und werden ihn finden, nicht wahr?«

Da war es wieder, das »Wir«, über das sich Doninger so oft mokiert hatte. Aber dieses Mal schien es der Kriminalrat mit seiner Mithilfe ernst zu meinen.

»Dort drüben ist übrigens das Landgericht, in dem hoffentlich bald der Prozess gegen unseren gesuchten Täter stattfinden wird«, sagte Kommissar Doninger, als sie von Baden-Oos aus auf der Europastraße Richtung Stadtmitte Baden-Baden fuhren.

»Sieht ja richtig gut aus, der Gebäudekomplex«, meinte die Kollegin angetan.

»Stammt aus dem Jahr 1980 und erhielt einen Architektenpreis«, wusste Doninger zu berichten. »Zuständig für unseren Täter ist die Große Strafkammer, früher ›Schwurgericht‹ genannt.« Der Kommissar war wieder in seinem Element.

»Und wo kommt er hin, wenn wir ihn schnappen?«, wollte Simone Mertens wissen.

»Sie meinen das Gefängnis?«, hakte Doninger nach.

»Ja.«

»Ich denke, die JVA Offenburg kommt infrage, da wir seit der Polizeireform zum Polizeipräsidium Offenburg gehören«, überlegte der Kommissar laut.

»In Offenburg kenne ich mich nicht aus«, gab die Kommissarin zu, »doch was nicht ist, kann ja noch werden.«

»Aber es gibt bestimmt schönere Ziele als das Gefängnis, ob in Offenburg oder sonst wo«, sagte Doninger und grinste.

»Ja, die Nordsee und ein Fischbrötchen«, rief Simone Mertens, »wollen Sie auch eines?«

Ihr Kollege wusste inzwischen, dass sie ein Fischlokal in Baden-Baden meinte, wenn sie von der Nordsee sprach, und war einverstanden.

»Auch unsere Frau Ams würde bestimmt nicht Nein sagen«, sagte er deshalb, »ich gebe eine Runde aus. Den Riesling denken wir uns dazu.«

Für die nächsten Tage hieß es: Abwarten und Daumen drücken, dass der Täter irgendwo gefasst würde. Wo er sich herumtrieb, war nicht auszumachen. Der weiße Kastenwagen war der einzige Anhaltspunkt bei der Suche. Aber mit welchem Kennzeichen? Ob Marek Padanowski auf der Flucht war oder gar unbeeindruckt von allem auf einer Sperrmülltour? Selbst das war nicht sicher.

»Er hat Fehler gemacht und wird weitere Fehler begehen, das ist unsere Chance«, überlegte der Kommissar laut.

»Er weiß nicht, dass wir ihn überführt haben, dass wir komplett Beweise für seine Täterschaft in beiden Fällen haben«, fügte seine Kollegin hinzu.

»Und die Kripo in Danzig ist unterrichtet, falls der Mann in Polen auftauchen sollte«, sagte Doninger. »Unser Kriminalrat Schaumann war wieder mal telefonisch in Aktion. Sein polnischer Kollege Janusz Kasprowicz hat seine volle Unterstützung zugesagt.«

»Haben wir nicht dem Alois Schlegel Freibier versprochen, wenn sich sein Tipp als hilfreich erweisen sollte?« Hauptkommissar Doninger änderte plötzlich das Thema.

»Haben wir«, erinnerte sich Simone Mertens. »Ohne den Jäger aus Herrenwies wären wir nicht auf die Sperrmülltouristen gekommen. Sein Tipp war sehr hilfreich.«

»Ich werde heute Abend in seiner Stammkneipe vorbeischauen. Und der Kommissar wird nicht knausrig sein«, sagte Doninger und grinste.

»Ich komme mit!«, rief die Kommissarin spontan. »An Freibier soll es nicht fehlen. Der Schlegel hat es verdient.«

»Und die Führerscheine sind Sie los, wenn man Sie erwischt«, meinte Melanie Ams.

»Nicht, wenn Sie uns chauffieren«, gab Doninger zur Antwort.

»Höre sich das einer an!«, schnaubte die Sekretärin. »Alle trinken ein Bier nach dem anderen, und die Frau Ams schaut zu. Das kann doch nicht Ihr Ernst sein?«

»Ist es auch nicht, war Spaß! Wir trinken nur ein kleines Pils, den Rest überlassen wir dem Alois Schlegel und seinen Zechbrüdern«, beruhigte sie der Kommissar.

»Das zweite Pils trinkt unser Chef dann daheim, hab ich recht?« Simone Mertens blickte den Kommissar an und lachte.

»Ja, vielleicht auch ein drittes«, erwiderte Doninger und grinste spitzbübisch.

36

»Das nenne ich erfolgreiche Zusammenarbeit auf europäischer Ebene!«, sagte Kriminalrat Schaumann, als er den Hörer auflegte.

Soeben hatte ihm sein polnischer Kollege Janusz Kasprowicz aus Danzig eine erfolgversprechende Nachricht übermittelt: Ein Mann namens Antoni Majewski hatte bei der Verkehrsbehörde seines Heimatkreises Slupsk schriftlich neue Kennzeichen für seinen Kastenwagen beantragt. Als Grund hatte er einen Diebstahl der alten Nummernschilder genannt. Kopien des Personalausweises, des Fahrzeugscheins und der Verlustmeldung der Kennzeichen lagen dem Antrag bei. Für die Abbuchung der Gebühren hatte er ein Konto in Polen angegeben. Auch eine Abbuchungserlaubnis lag dabei. Da dieses Konto dem Toten Majewski gehörte, musste die Unterschrift gefälscht sein. Adressiert werden sollte die Lieferung der Kennzeichen an eine polnische Kneipe in Oldenburg in Niedersachsen mit dem Zusatz: zu Händen von Antoni Majewski.

Die polnischen Behörden waren über den Tod des Antoni Majewski aus der Landgemeinde Kobylnica unterrichtet worden. Und nun wollte ein Toter neue Schilder für sein Auto beantragen. Da konnte doch etwas nicht stimmen! Die zuständige Beamtin in Slupsk hatte sofort reagiert und die Kripo in Danzig informiert.

Janusz Kasprowicz hatte seinem Kollegen in Rastatt einen Vorschlag für das weitere Vorgehen unterbreitet. Er wollte die Verkehrsbehörde in Slupsk anweisen, die neuen Schilder per Post an die angegebene Adresse in Oldenburg zu versenden, obwohl das nicht üblich war. Normalerweise mussten die Kennzeichen abgeholt werden. Die Polizei in Oldenburg sollte auf diesem Weg die Möglichkeit bekommen, sich den angeblichen Antoni Majewski beim Abholen der Sendung zu schnappen. Sein deutscher Kollege war einverstanden. Er wollte das weitere Vorgehen mit Hauptkommissar Doninger und Kollegin Mertens besprechen.

»Also geht unser Täter nach wie vor davon aus, dass wir ihn nicht im Verdacht haben«, sagte Kommissar Doninger, als der Kriminalrat ihn und seine Kollegin über den aktuellen Stand der Ermittlungen unterrichtet hatte. Er war dazu extra nach Baden-Baden gefahren.

»Wir wissen aber, was gelaufen ist«, ergänzte Simone Mertens, »und jetzt hat Marek Padanowski einen großen Fehler begangen.«

»Aber er weiß das nicht, und das wird ihm zum Verhängnis werden.« Kriminalrat Schaumann war sich sicher.

»Die Polizei in Oldenburg sollte sich auf die Übergabe der Sendung konzentrieren. Da schnappen sie den Täter am ehesten«, schlug Doninger vor.

»Das ist auch meine Meinung«, pflichtete ihm Simone Mertens bei. »Wenn die Leute vorher in der Kneipe auftauchen und recherchieren, ist die Gefahr groß, dass Padanowski Lunte riecht.«

»Auch wissen wir nicht, ob der Kneipier mit dem Täter unter einer Decke steckt«, meinte der Kriminalrat.

Über das weitere Vorgehen waren sie sich einig: Kriminalrat Schaumann würde sich mit der Polizeidirektion Oldenburg in Verbindung setzen und den Polizeieinsatz absprechen. Die Post sollte den Zustelltermin melden. Beamte der dortigen Kriminalinspektion würden sich mit Zivilfahrzeugen rund um die Kneipe positionieren und im richtigen Augenblick zugreifen.

Das war mal wieder eine richtige Aufgabe für den Rastatter Kriminalrat. Wenn es um Kontakte mit Behörden ging, war er in seinem Element. Und so hatte er die zuständigen Leute in Oldenburg bald von der Richtigkeit seiner vorgeschlagenen Vorgehensweise überzeugt. Jetzt musste nur noch alles wie geplant klappen. Und wenn Marek Padanowski keinen Verdacht schöpfte, dürfte nichts schiefgehen.

»Was mir nicht so recht in den Kopf will«, überlegte Simone Mertens laut, als der Kriminalrat gegangen war, »warum versucht der Täter, einen Suizid Majewskis vorzutäuschen, um danach mehr oder weniger seine Identität anzunehmen? Wie passt das zusammen?«

»Das habe ich mich auch gefragt«, pflichtete ihr der Kommissar bei. »Die einzige einigermaßen schlüssige Antwort, die ich gefunden habe, könnte sein: Durch den Austausch der Kennzeichen wird das Auffinden des Fluchtfahrzeugs schwierig und, was wichtiger ist, nach einem Toten, den man gefunden hat, sucht die Polizei nicht mehr.«

»Aber wozu meldet er den Diebstahl der Kennzeichen und bestellt in Polen Ersatz?«, wunderte sich Melanie Ams, die aufmerksam zugehört hatte.

»Eine Erklärung könnte sein, dass die Kennzeichen mit denen im Kfz-Schein übereinstimmen müssen«, versuchte die Kommissarin eine Antwort zu finden. »Der Fahrer könnte in eine Fahrzeugkontrolle geraten.«

»Nützt ihm alles nichts«, posaunte Doninger los, »der Padanowski hat keine Ahnung, dass wir inzwischen aufgrund der DNA-Analysen und Fingerabdrücke alles durchschaut haben. Es gibt nur wenige Genies unter den Gaunern, die einen perfekten Plan haben, an dem sich die Polizei die Zähne ausbeißt. Die meisten machen irgendwann einen Fehler. Und unser Täter hat schon zu viele gemacht. Er wird uns in die Falle gehen. Da bin ich mir sicher.«

»Und am Wochenende lasse ich mal alle Arbeit liegen und gehe mit meiner Frau wandern. Muss mal wieder den Kopf frei kriegen.« Doninger wechselte plötzlich das Thema.

»Und haben Sie schon ein Wanderziel?«, wollte Melanie Ams wissen.

»Jawoll, habe ich, die Badener Höhe lässt grüßen. Muss in die Weite blicken, den Horizont erweitern, durchatmen«, erwiderte der Kommissar.

»Auf der Badener Höhe war ich noch nie«, musste Simone Mertens zugeben.

»Kommen Sie doch mit! Sie werden es nicht bereuen. Die tolle Aussicht lohnt jeden Meter Fußmarsch«, sagte Doninger. »Und wie ist's mit Ihnen, Frau Ams? Keine Lust?«

»Lust hätte ich schon, aber habe schon einen anderen Termin, und die Badener Höhe kenne ich in- und auswendig von zahlreichen Klassenausflügen in meiner Schulzeit«, meinte die Sekretärin.

»Also, Frau Mertens, wir holen Sie am Samstag um zehn Uhr ab. Bequeme Wanderkleidung, Proviant bringen wir mit!« Für Doninger stand der Plan fest.

»Habe ich Ihnen zu viel versprochen?«, fragte Robert Doninger seine Kollegin, als sie das Gipfelplateau der Badener Höhe in rund 1.000 Meter Höhe erreicht hatten. Sie waren am Sand losmarschiert, am Sandsee entlang nach Herrenwies und von dort auf direktem Weg auf die Hochfläche gewandert.

»Eine wunderschöne Landschaft mit den Heidepflanzen, den Birken und Buchen.« Simone Mertens kam ins Schwärmen.

»Vor Jahren war hier mehr Wald. Doch Sturm ›Lothar‹ hat am zweiten Weihnachtsfeiertag 1999 kräftig abgeräumt«, erklärte der Kommissar. »Aber steigen wir auf den Turm hoch. Von dort ist die Aussicht prächtig!«

Die ersten 35 Stufen zur unteren Plattform waren leicht zu schaffen. Doch als die Kommissarin den weiteren Weg nach oben betrachtete, wurde ihr mulmig.

»Sind nur 133 Stufen«, versuchte sie ihr Kollege aufzumuntern. »Die schaffen Sie spielend, sportlich wie Sie sind. Der Ausblick lohnt die Mühe!«

Und es war so. Was für ein Rundblick von der oberen Plattform aus in die Weite! Im Süden Herrenwies, der Mehliskopf, die Hornisgrinde. Im Westen die Rheinebene mit den Vogesen im Hintergrund, und rechts davon der Pfälzer Wald. Im Norden das Panorama rund um Baden-Baden. Im Osten das Murgtal und weiter bis zur Schwäbischen Alb. Der Aufstieg hatte sich wirklich gelohnt. Simone Mertens war überwältigt.

»Und jetzt haben wir uns ein Vesper verdient«, sagte Gabi Doninger, als sie unten am Turm angekommen waren.

Während sie allerlei leckere Sachen aus dem Rucksack zauberte, las die Kommissarin die Gedenktafel am Turm. So erfuhr sie, dass der Friedrichsturm 30 Meter hoch war, 1890 aus Buntsandstein erbaut und 1891 von Großherzog Friedrich I. von Baden eingeweiht wurde.

Auf den Bänken am Turm genossen sie Wurst- und Käsebrote, Tomaten, Radieschen und Gurken, Äpfel, Birnen und verlockend duftenden Kaffee aus der Thermoskanne.

Es war gut, dass nach dem reichhaltigen Vesper die Wegstrecke hinunter bis zum Sand zu wandern war. Denn dort wollten sie zum Abschluss in der ›Bergwaldhütte‹ einkehren. Und wenn Doninger an die Speisekarte dachte, die er mal mit seiner Kollegin studiert hatte, als sie bei ihren Ermittlungen im Fall der Mädchenleiche am Sandsee unterwegs waren, lief ihm das Wasser im Mund zusammen. Er wusste, was er bestellen würde: Hirschgulasch aus heimischer Jagd mit Preiselbeeren und Spätzle. Er hatte ja den Wirtsleuten versprochen, einmal zur normalen Öffnungszeit zu kommen.

Zur Sicherheit hatte Hauptkommissar Doninger einen Tisch in einer gemütlichen Ecke reservieren lassen.

Als die müden Wanderer das Lokal betraten, war die Überraschung groß. Da saßen doch Melanie Ams und Kriminalrat Schaumann in der Gaststube.

»Aha, Ihr Termin, den Sie hatten, liebe Frau Ams!« Der Kommissar konnte sich ein Grinsen nicht verkneifen.

»Es ist nicht so, wie Sie denken.« Die Sekretärin wurde leicht rot im Gesicht. »Der Ausflug war nicht geplant.«

»Das war meine Idee«, kam ihr der Kriminalrat zu Hilfe. »Ich wollte Ihnen eine gute Nachricht persönlich überbringen. Und Frau Ams wusste, wo ich Sie antreffen könnte. Und es hat geklappt!«

Die Nachricht war das unerwartete Erscheinen wert. Der ausgeklügelte Plan hatte geklappt. Marek Padanowski war in die Falle gegangen und wurde in diesen Stunden in die JVA Offenburg überführt. Die Akten lagen bereits bei der Staatsanwaltschaft. Die Ermittlungsarbeiten in beiden Kriminalfällen waren damit abgeschlossen.

»Wenn das kein Grund zum Feiern ist!«, rief Schaumann triumphierend. »Ich lade Sie alle zum Essen ein.«

Das war ein Wort! Solch eine Einladung kam nicht alle Tage vor. Doninger hatte sein Essen schon gewählt. Seine Frau entschied sich für das Rumpsteak mit Kräuterbutter und Pommes. Melanie Ams hatte Appetit auf Cordon Bleu mit Pommes und kleinem Salat. Simone Mertens überlegte noch.

»Die grünen Nudeln würden mich schon reizen«, sinnierte sie, »aber heute esse ich das gleiche Menü wie Frau Doninger, ein saftiges Rumpsteak, medium gebraten, mit Kräuterbutter und Pommes.«

»Dann nehme ich die grünen Nudeln in Sahnesauce mit Schinkenstreifen, Champignons, Knoblauch und dazu einen kleinen Salatteller«, entschied sich der Kriminalrat.

»Das finde ich gut, das mit den Pilzen«, sagte der Kommissar während des Essens zu Schaumann. »Wenigstens ein Essen, in dem Pilze dabei sind.«

»Warum das?«, wollte der Kriminalrat wissen.

»Damit schließt sich der Kreis«, antwortete Doninger. »Mit den Pilzen am Sandsee fing alles an, und mit den Pilzen auf Ihrem Teller wird der Fall abgeschlossen.«

»Aber mein lieber Doninger«, wandte Schaumann ein, »bei den schmackhaften Pilzen auf meinem Teller handelt es sich um Champignons. In unserem Kriminalfall bei der Toten am Sandsee waren das Fliegenpilze, und die sind giftig!«

»Das habe ich seit meiner Schulzeit auch geglaubt«, erklärte der Kommissar. »Aber neulich habe ich einen Artikel gelesen, in dem behauptet wurde, dass von Fliegenpilzen noch niemand gestorben sei.«

»Ist doch klar, weil die niemand isst«, sagte Melanie Ams.

»Auch bei Verzehr ist der Pilz im Gegensatz zum Knollenblätterpilz nicht tödlich, sondern verursacht Rauschzustände, die zu völliger Verwirrtheit und Halluzinationen führen können. Solche Zustände könnten bei Häufigkeit und zu großen Mengen allerdings zum Tod führen«, zitierte Doninger den gelesenen Artikel.

»Da bleibe ich lieber bei Champignons oder Pfifferlingen«, meinte seine Frau.

»Aber als Titel für einen Krimi wäre das mit den Fliegenpilzen nicht übel«, behauptete Simone Mertens. »Klingt doch gut: ›Von Fliegenpilzen stirbt man nicht!‹«

37

Der Schwarzwaldkrimi ist mit dem Kapitel 36 eigentlich zu Ende. Kriminalhauptkommissar Doninger und seine Kollegin Simone Mertens haben den Fall gelöst. Aber es bleiben einige Dinge zu klären, die zur Geschichte gehören.

Da ist vor allem eine wichtige Frage zu klären: Ist der Fliegenpilz nun giftig oder nicht?

Dieser spannende Krimi beginnt mit der Feststellung der beiden Schüler Simon Gruber und Jonas Amann: »Damit könnte man ein komplettes Lehrerkollegium vergiften!« Das sagen sie, als sie auf ihrer Wanderung zurück in die Jugendherberge Herrenwies auf dem Waldboden beim Sandsee eine stattliche Anzahl an Fliegenpilzen entdecken.

Tatsächlich wird der Fliegenpilz als Giftpilz eingestuft. Doch warum erklärt Hauptkommissar Doninger am Ende des Romans, dass der Verzehr des Pilzes nicht tödlich sei, sondern lediglich Rauschzustände, Verwirrtheit und Halluzinationen auslöse?

Da scheint der Kommissar, wie so oft, richtigzuliegen. Bis heute ist kein Fall bekannt, bei dem allein der Verzehr dieser Pilze für den Tod eines gesunden Erwachsenen verantwortlich gemacht werden konnte. Es gibt sogar Gegenden, in denen der Fliegenpilz gegessen wird, wie beispielsweise im Norden von Japan. Dort wird er eingelegt und mit Salz gegessen. Allerdings sollte man die Zubereitung genau kennen!

Aus den Forschungen weiß man, dass die Priester der Maya den getrockneten Pilz geraucht haben, um Kontakt mit den Göttern aufnehmen zu können. Die Germanen brachten Fliegenpilze mit dem Speichel des Pferdes von Kriegsgott Wotan in Verbindung und »stärkten« damit ihre Krieger.

Eine erste Beschreibung des Fliegenpilzes finden wir bei Albertus Magnus im 13. Jahrhundert. Er nannte ihn »fungus muscarum« (Mückenpilz), da er, in Milch eingelegt, die Mücken töte. Diese Verwendung als Insektizid zur Bekämpfung von Fliegen war weit verbreitet.

Heute weiß man, dass der Pilz meist in der Nähe von Fichten und Birken zu finden ist. Mit diesen Bäumen lebt er in Symbiose. Er gibt ihnen Nährstoffe wie Stickstoff und Phosphor ab und bekommt dafür

Zucker, den er selbst nicht produzieren kann. Für viele Waldbewohner ist er auch eine wichtige Nahrungsquelle.

Manche Menschen, unter ihnen die Kommissarin Simone Mertens, kennen den Fliegenpilz neben dem Hufeisen und dem vierblättrigen Kleeblatt als Glückssymbol. So ist er oft auf Glückwunschkarten oder in Märchenbüchern abgebildet. Auch die Bezeichnung »Glückspilz« soll in diesem Zusammenhang erwähnt werden.

Und die Sekretärin Melanie Ams erzählt, wie glücklich sie war, wenn ihre Mutter sie beim Kindergeburtstag mit leckeren Fliegenpilzen überraschte. Sie waren nicht nur wunderschön anzuschauen, sie waren tatsächlich essbar. Der Stil des Pilzes bestand aus einem geschälten gekochten Ei, der Hut aus einer halben, innen ausgehöhlten Tomate und die weißen Punkte darauf aus Mayonnaise.

Beim Essen angekommen, wären die Rezepte zu nennen, die Gabi Doninger der Kommissarin Simone Mertens versprochen hat. Sie dürfen natürlich von allen, die den Krimi gelesen haben, nachgekocht werden. Schon beim Lesen ihrer Zubereitung würde dem Rechtsmediziner Doktor Richard Seifert das Wasser im Mund zusammenlaufen.

Hier das Puten-Rezept Robert Doningers:

Knusprig gebratene Pute

Zutaten:
1 küchenfertige Pute (ca. 6 kg)
1 große Zwiebel
2 Knoblauchzehen
2 Möhren
1 kleines Stück Sellerieknolle
2 Tomaten
3-4 Scheiben Speck
Pfeffer, Salz, Geflügelgewürz
100 g Butter oder Margarine
1-2 Tassen Gemüse- oder Hühnerbrühe

Zubereitung:
- Pute unter kaltem Wasser abspülen, trockentupfen (Küchenrolle)
- Pute innen mit Pfeffer und Salz einreiben
- Butter oder Margarine etwas erhitzen, bis sie flüssig wird
- Pfeffer (frisch gemahlen) und Geflügelgewürz dazugeben
- Pute außen damit bestreichen (Pinsel)
- Pute in eine Fettpfanne legen, Brust nach oben
- Fettpfanne rundum mit dem zerkleinerten Gemüse und den Speckscheiben auslegen
- Brühe dazugeben

- *Fettpfanne in den mit 200° C (Ober-/Unterhitze) vorgeheizten Ofen schieben (unterste Schiene)*
- *Pute immer wieder mit dem Fond in der Fettpfanne übergießen (mit Löffel)*
- *Pute nach 60 Minuten wenden (Brust nach unten)*
- *20 Minuten vor Ende wieder Brust nach oben, mit Bier oder Salzwasser bepinseln,*
  knusprig werden lassen / bei Bedarf (zu braun) mit Alufolie abdecken
- *Garzeit nach ca. 150 Minuten (Das Fleisch ist gar, wenn beim Anstechen der Schenkel klarer (nicht rosa) Fleischsaft austritt*
- *Pute herausnehmen, mit Alufolie abgedeckt 10 Minuten ruhen lassen*
- *Für die Soße Bratenfond und Gemüse loskochen, durch ein Sieb passieren*
- *Zur Bindung der Soße Speisestärke oder Geflügelsoßenpulver mit etwas Wasser in einer Tasse verquirlen, einrühren und aufkochen lassen, Soße abschmecken*

Übrigens: Putenfleisch schmeckt nicht nur gut, es ist auch fettarm und liefert hochwertiges Eiweiß, lebenswichtiges Eisen, dazu Vitamine und Mineralstoffe.

Da in vielen Mastbetrieben immer wieder Antibiotika eingesetzt werden, ist es zu empfehlen, die Pute in Bio-Qualität zu kaufen (oder in einem Hofladen, den man kennt).

Was im Badischen zu einer gebratenen Pute unbedingt dazugehört, sind Kastanien. Natürlich keine Rosskastanien, sondern Edelkastanien oder Esskastanien, wie sie auch heißen. In manchen Gegenden sind sie als Maronen bekannt, und im Badischen und in der Pfalz nennt man sie »Keschde«. In vielen Küchen wird die Pute damit gefüllt. Nicht bei den Doningers. Gabi Doninger bereitet die »Keschde« extra zu als köstliche Beilage, und zwar glasiert.

Hier Gabi Doningers Rezept:

Glasierte Keschde (Kastanien)

Zutaten:
800 g Kastanien geschält und gekocht (bei mehr als*
6 Personen entsprechend mehr)
2 EL Zucker
8 EL Milch
60 g Butter
etwas Salz

Zubereitung:
- Butter in der Pfanne schmelzen lassen (geringe Hitze),
Zucker dazugeben und goldbraun karamellisieren

---

* Frau Doninger schält und kocht sie bereits am Vortag. Aber es gibt sie auch fertig zu kaufen.

- die Kastanien hinzugeben, mit der Milch ablöschen und einkochen lassen, leicht salzen

Und was passt noch zu diesem köstlichen Essen?

Bei Doningers wird dazu Rotkraut serviert und, wie es im Badischen üblich ist, Apfelmus.

Und wenn Gabi Doninger nicht sicher ist, dass alle Gäste ihre glasierten Kastanien mögen, gibt es vorsorglich Semmelknödel dazu. Dann sind alle zufrieden.

Natürlich darf bei diesem Festessen ein guter Wein nicht fehlen. Am besten passt der Wein, den man auch sonst gerne trinkt. Bei Doningers gibt's einen badischen Rosé-Wein, den trinkt Gabi Doninger gerne. Aber sie würde auch einen badischen Riesling dazu trinken, den Robert Doninger bevorzugt. Am liebsten einen Wein aus der Gegend!

Da Doningers Haus neben einem Kastanienwald liegt, stehen im Herbst des Öfteren Kastanien auf dem Speisezettel. Statt einer knusprig gebratenen Pute gibt es manchmal neben Rotkraut und Apfelmus panierte Schnitzel dazu. Im Badischen natürlich mit Bratensoße!

WAS AUSSERDEM ZU SAGEN BLEIBT

Die Orte, Berge, Flüsse, Landschaften und Gasthäuser, die in diesem Schwarzwaldkrimi vorkommen, sind allesamt nicht erfunden. Es gibt sie wirklich. Anders verhält es sich mit der Handlung und allen Personen, die darin eine Rolle spielen – sie entstammen ausnahmslos dem Reich der Fantasie. Sollte sich trotzdem jemand in einer Person wiedererkennen, wäre das rein zufällig.

»Da war Kommissar Zufall mal wieder am Werk!«, würde Robert Doninger dazu sagen.

Aber den Schwarzwald, den gibt es zum Glück wirklich, mit seinen Bergen und Tälern und den vielen wundervollen Aussichtsplätzen. Der Krimi soll neben der spannenden Geschichte davon berichten und zum Erkunden der Gegend rund um die Hornisgrinde einladen. Die Handlung spielt im Gebiet des Naturparks Schwarzwald Mitte/Nord, in dem der Nationalpark Schwarzwald liegt.

Der Naturpark Schwarzwald Mitte/Nord

Der Naturpark Schwarzwald Mitte/Nord wurde im Jahr 2000 gegründet. Er ist mit einer Fläche von 4.200 km² der größte Naturpark in Deutschland. 2003 umfasste er 375.000 Hektar, 2021 sind es 420.000 Hektar. Er dehnt sich in Nord-Süd-Richtung 90 Kilometer weit aus und in der Breite bis zu 65 Kilometer. Zu ihm gehören 114 Städte und Gemeinden aus den Landkreisen Calw, Enzkreis, Freudenstadt, Karlsruhe, Rastatt, Rottweil, Ortenaukreis und die Stadtkreise Baden-Baden, Pforzheim und Karlsruhe. Die Verwaltung hat ihren Sitz im ›Haus des Gastes‹ in Bühlertal.

*Der Naturpark Schwarzwald Mitte/Nord mit den dazugehörigen
Land- und Stadtkreisen*

© Bernd Schuler/xxdesignpartner

Der Nationalpark Schwarzwald

Der Nationalpark Schwarzwald liegt im Naturpark Schwarzwald Mitte/Nord und wird von diesem vollständig umschlossen. Dieser erste Nationalpark in Baden-Württemberg wurde am 1. Januar 2014 gegründet und am 1. Mai 2014 eröffnet. Er hat eine Fläche von 10.062 Hektar und teilt sich in zwei Bereiche, die ca. 3,5 Kilometer auseinanderliegen: den südlichen Bereich um das Gebiet Ruhestein und den nördlichen um das Gebiet Hoher Ochsenkopf/Plättig. Zur Nationalparkregion gehören 28 Städte und Gemeinden aus den Landkreisen Freudenstadt, Ortenaukreis und Rastatt, dazu der Stadtkreis Baden-Baden. Das Nationalparkzentrum ist am Ruhestein (Gemeinde Seebach) angesiedelt.

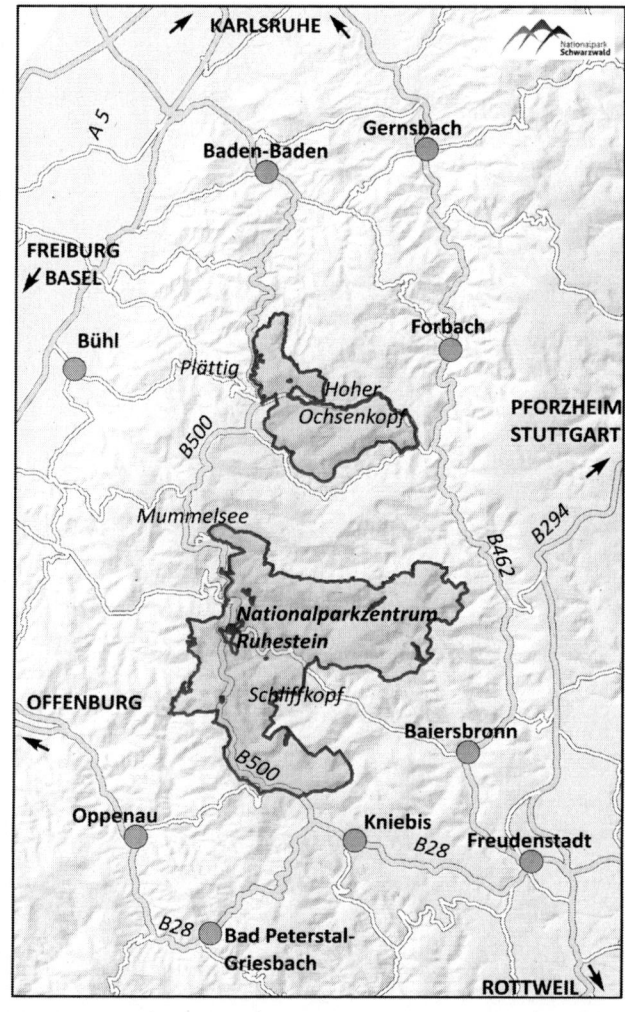

Der Nationalpark Schwarzwald – Nördlicher Teil rund um den Och-senkopf, südlicher Teil rund um das Nationalparkzentrum Ruhestein
© Pressestelle Nationalpark

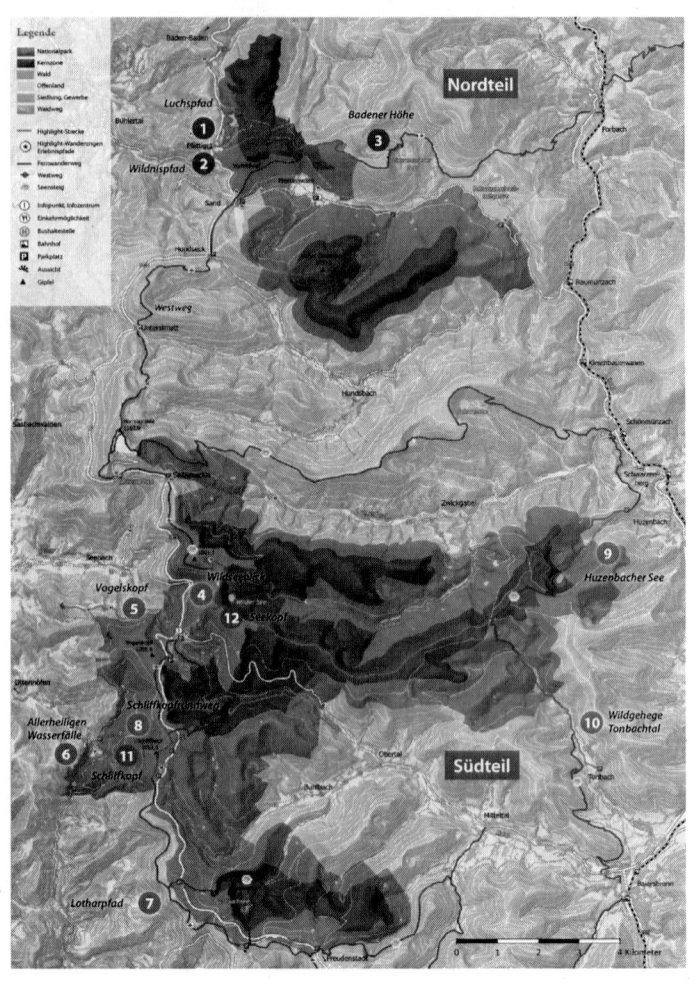

Die Highlight-Touren im Nationalpark Schwarzwald. Die Touren sind im Internet zu finden unter https://www.nationalpark-schwarzwald.de/de/karten-broschueren

© Pressestelle Nationalpark

DONINGERS UND MERTENS' »REVIER«

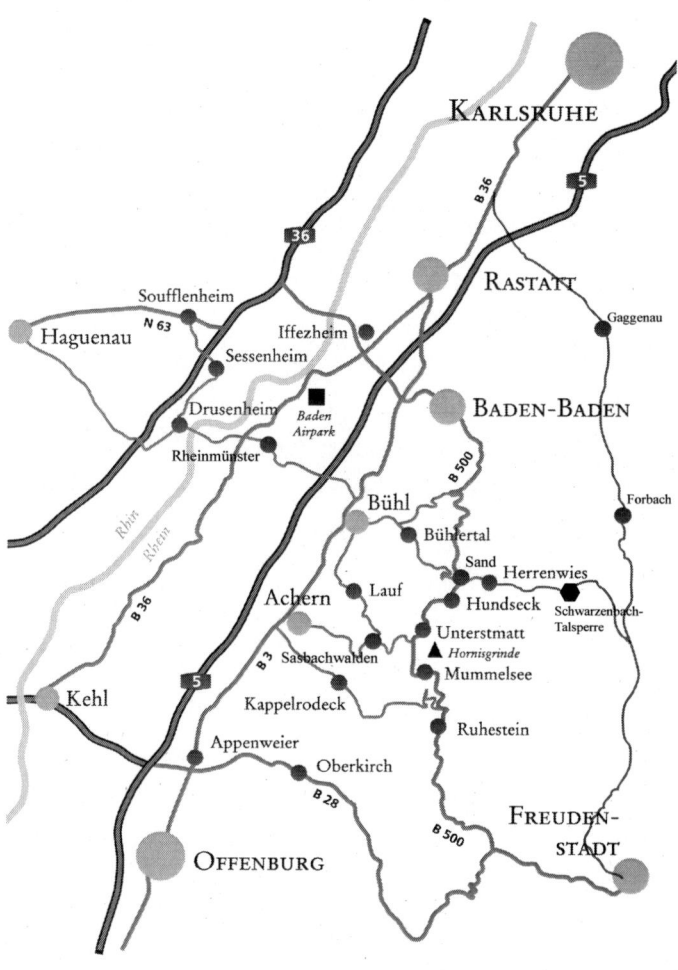

© Sven Neidinger

DAS EHEMALIGE KURHAUS SAND

Eine wichtige Rolle spielt in diesem Krimi das Kurhaus Sand, in seinen Glanzzeiten eines der angesehensten Hotels an der Schwarzwaldhochstraße, ab 1994 noch für geschlossene Gesellschaften geöffnet, seit 2005 geschlossen.

Der einstige Prachtbau, 1890 vom damaligen Besitzer Friedrich August Maier durch den Baden-Badener Architekten Leonhard Treusch als Anbau mit dem bestehenden Hotel integriert und 1891 unter Anwesenheit des Großherzogs Friedrich von Baden eingeweiht, dämmert heute denkmalgeschützt im Dornröschenschlaf vor sich hin.

Die Einrichtung des Hauses galt 1891 als luxuriös. Es gab fließendes Wasser auf allen Stockwerken, einen großen Speisesaal, ein Lesezimmer und weitere Räume zur Unterhaltung der Gäste, unter denen viele aus dem Adel kamen. So war 1892 die holländische Königin Wilhelmine mit ihrer Mutter zu Gast, ein Jahr später die österreich-ungarische Kaiserin Elisabeth (Sisi) mit Erzherzogin Valerie.

1905 richtete Friedrich August Maier, der »Sandmaier«, wie er bald im Volksmund hieß, als passionierter Jäger ein Jagdzimmer ein, das bis heute erhalten ist.

1920 wurde das Kurhaus verkauft und wechselte in den Folgejahren mehrmals den Besitzer, bis es 1932 von

Ferdinand Huse und Max Wiedemann erworben wurde. Es folgte eine neue Blütezeit des Hotels, unterbrochen durch den 2. Weltkrieg.

1966 übernahm Ernst Wiedemann, Bruder von Max Wiedemann, den Betrieb, der nach dessen Tod von seiner Frau Amanda bis zum Ende weitergeführt wurde.

Heute setzt sich der 2013 gegründete Verein »Kulturerbe Schwarzwaldhochstraße« für den Erhalt und die Wiederbelebung des ehemaligen Kurhauses Sand und weiterer Hotels ein, die seit Jahren nicht mehr in Betrieb sind, unter anderen die ehemals bedeutenden Höhenhotels Unterstmatt, Plättig und Bühlerhöhe.

Das ehemalige Kurhaus Sand, das 1891 eingeweiht wurde. Das Foto entstand in den Jahren zwischen 1910 und 1920.
© Stadtgeschichtliches Institut Bühl

DANK FÜR DIE FACHLICHE BERATUNG UND UNTERSTÜTZUNG GILT

- der Tourette Gesellschaft Deutschland e.V. mit Sitz in Hannover
- dem Verein Kulturerbe Schwarzwaldhochstraße e.V. mit Sitz in Bühl
- der Pressestelle Nationalpark Schwarzwald mit Sitz Ruhestein/Seebach
- der Pressestelle Naturpark Schwarzwald Mitte/Nord mit Sitz in Bühlertal
- dem Stadtgeschichtlichen Institut Bühl

*Weitere Titel finden Sie auf den
folgenden Seiten und im Internet:*

WWW.GMEINER-VERLAG.DE

50 JAHRE LUISEN- PARK

Claudia Schmid
Blumenlust
Kriminalroman
336 Seiten, 13,5 x 21 cm,
Premiumklappenbroschur
ISBN 978-3-8392-0754-3

Edelgards Buchhandlung »Bücherhimmel« wird
anlässlich des Mannheimer Luisenpark-Jubiläums
erneut zum beliebten Treffpunkt. Dort macht sie die
Bekanntschaft eines charmanten Herrn. Wenn nur ihr
Ehemann Norbert nicht wäre … Als eine Mordserie
die Stadt erschüttert, ist Edelgard tief getroffen, denn
sie kannte eines der Opfer persönlich. Kurzerhand
widmet die Miss Marple von Mannheim den »Bücherhimmel« zur Schaltzentrale ihrer Ermittlungen
um. Denn auch ihre kräuterkundige Freundin Luisa
bittet sie um Nachforschungen, wittert sie doch er-
bitterte Konkurrenz von der pfiffigen Kräuterhexe
Chloé.

GMEINER SPANNUNG

WWW.GMEINER-VERLAG.DE
Wir machen's spannend

Kai Bliesener
Brand. Wein. Tod.
Kriminalroman
288 Seiten, 12,5 x 20,5 cm,
Broschur
ISBN 978-3-8392-0755-0

Auf dem Tisch vor JJ Schwarz liegt eine verkohlte
Frauenleiche. Die Bestatterin aus Fellbach soll den
Leichnam für die Beisetzung vorbereiten. Nachdem Grete Bürkle einige Tage vermisst wurde, hat
man sie in den Trümmern eines Hauses gefunden. JJ
erhält Druck von vielen Seiten, ihre Arbeit schnell
abzuschließen. Niemand scheint sich dafür zu interessieren, wo sich Grete Bürkle aufgehalten hat und
warum sie in dem fremden Haus gefunden wurde.
Die Bestatterin beschleicht das Gefühl, dass irgendetwas faul ist, und geht der Sache nach …

SPANNUNG

GMEINER

WWW.GMEINER-VERLAG.DE
Wir machen's spannend